KB187260

이승희 장편소설

라라의 노래
Lala's Song

라라의 노래

SONG OF LALA

이승희
장편소설

잠시 다른 사람의 인생을 살아보는 것. 저는 그것이 소설의 묘미라고 생각합니다.

저는 〈라라의 노래〉를 통해서 한 여인의 성장 드라마를 가슴 벅차게 들을 수 있었습니다.

어린 시절 아버지의 포근한 사랑을 받았던 소녀에서, 가슴 설레는 첫사랑의 기쁨과 배신의 아픔도 겪은 아가씨도 되었습니다.

아픈 재회를 겪으며 격정에 휘말리기도 했으나, 미련을 떨구고 가정의 자리로 돌아가기도 했지요.

꿈을 잃지 않고 나아가는 중년의 아내이자 어머니도 되었고, 평생 자신을 힘들게 한 혈육을 용서하는 성숙한 초로의 딸도 되었습니다. 주인공 정희의 삶에 크게 공감하고, 위로를 얻었습니다.

저자인 이승희 작가는 이 모든 인생의 굽이 굽이를 허투루 흘려보내지 않고, 단단하게 감정을 매듭지어 고운 노랫말로 승화시켰습니다. 책 곳곳에는 저자가 직접 작사한 찐 감성의 노래를 감상

할 즐거움도 숨어 있습니다.

80년대 풋풋하고 독특했던 청춘문화를 통해 그 시대를 겪어보지 않은 저 같은 세대는 낭만의 상큼함을, 그 시대를 살아보신 분들은 추억의 아련함을 느끼실 수 있으리라 생각합니다.

소설의 첫 부분에 정희가 서른일곱 살에 음악 기획사 오디션을 보는 장면이 나옵니다. 저는 그 부분을 읽으며 가슴이 찡했습니다. 저 역시 평범하게 살다가, 정희처럼 서른일곱 살에 작가의 꿈에 도전하여 작가가 되었기 때문입니다.

사람이 아름다울 때는 자신의 잠재력을 가득 꽃피울 때라고 생각합니다. 지금은 꿈꾸는 것조차 용기를 가져야 하는 사회입니다. 〈라라의 노래〉를 통해, 꿈꾸는 일이 얼마나 아름다운지 독자님들도 함께 느껴보시면 좋겠습니다.

자신을 꽃피우기 위해 오늘도 애쓰고 계신 당신께, 이 책을 추천드립니다.

〈누가 뭐래도 내 길을 갈래〉, 〈십 대를 위한 쓰담쓰담 마음 카페〉 저자,
유튜브 은재TV
김은재

음악을 갈망하고 가슴앓이 하면서 도전해온 지 오랜 세월이 흘러갔다.

운명같은 나의 음악 도전기에 픽션(허구)를 더하여 〈라라의 노래〉를 소설과 시나리오에 담았다.

벤자민의 시간처럼 거꾸로 가고 싶진 않지만, 마음만은 늘 거꾸로 가고 싶은 건 사실이다.

누구나 간직한 가슴 시린 젊은 날의 추억들. 머무르고 싶었던 순간들이 있었다.

젊은 초원의 빛나는 영롱함을 가슴에 항상 간직하며 살고 싶었다.

이제는 중년을 넘어선 인생의 여정에서 삶의 의미를 되새겨본다.

폭포와 호수, 꿈과 현실, 욕망과 절제, 비발디의 여름과 겨울, 설렘과 무덤덤함, 일탈과 일상, 도전과 안주, 열정과 안정, 아날로그와 디지털 사이를 늘 왔다 갔다 고민하며 삶의 의미를 탐색해 나간다.

어린 시절 싱그러운 자연과 함께 한 유년,
아련한 향수로 남아있는 우리 기쁜 젊은 날,
낭만과 지성과 사랑을 담았던 그때 대학가의 추억속으로
꿈의 여행을 떠나보자. 라라와 함께.

한편의 영화를 보듯 이 여정 속에서 사랑, 꿈, 낭만 그리고 나를 다시 한번 느껴볼 수 있었으면 좋겠다.

이 책의 구성은 총 4부로 되어있다.

1부 **울 아버지**
2부 **재회**
3부 **중년은 아름다워!**
4부 **슬퍼하지 마**

각 부에 붙여진 이름은 스토리의 진행에 따른 〈라라의 노래〉의 주인공 '라라'가 부르는 노래에서 비롯되었다.

그 사이에 2곡의 팝송, 'One summer night' 과 'You raise me up', 쇼팽의 녹턴, '봄의 왈츠', 이승희의 '우리 집' 등 총 8곡의 음악이 QR코드로 수록되었다.

〈라라의 노래〉를 들으면서 마음 따듯해지는 감성과 힐링을 느꼈으면 좋겠다.

그리고 못다 이룬 꿈에 그리움이 있다면, 그 꿈에 작은 불씨가 될 수 있으면 좋겠다.

〈라라의 노래〉로 시간 여행을 떠나보자.

P.S. 라라의 노래, 늦은 밤엔 듣지 마세요. 잠 못 이루니까요.^^

작가
이승희

차례

프롤로그 013

1부 울 아버지 016

2부 재회 062

3부 중년은 아름다워! 138

4부 슬퍼하지 마 232

에필로그 259

라라의 노래

Lala's Song

프롤로그

'누구를 위하여 종은 울리나?'

헤밍웨이의 책 제목을 보며 정희는 생각했다.

누구를 위하여 나는 노래를 부르려는 것일까?

나의 종은 울릴 수 있는 걸까?

정희는 망설여오던 M 기획사의 오디션을 보기로 마음을 굳혔다.

1997년

여의도 M 기획사 사옥 앞에 신인가수 선발 오디션을 알리는 플래카드가 붙어 있다. 초여름 나무 사이로 들이치는 햇살에 눈이 시려, 정희는 잠시 눈을 감았다 떴다.

아이돌을 꿈꾸는 청소년들이 오디션을 보기 위해 하나둘씩 들어간다. 정희는 사옥 앞에서 잠시 머뭇거린다.

'휴, 서른일곱 살이나 된 내가 잘하는 짓일까? 나처럼 나이 많은 지원자는 없겠지?'

하지만 단단히 마음먹고 온 터라 이내 숨을 크게 한 번 들이 쉬고는 재빠르게 들어간다.

대기실엔 20대 초반의 지원자들이 모여서 웅성거리기도 하고, 어떤 팀은 H.O.T의 '캔디'를 연습하고 있다. 춤과 노래 연습으로 정신없는 젊은이들 사이로 정희가 쭈뼛거리며 비집고 들어간다. 정희가 지나가자 그들은 슬쩍슬쩍 정희를 쳐다본다. '왠 아줌마?' 주위의 따가운 눈초리에 기가 죽은 정희는 대기실 구석에 조심스레 혼자 앉는다. 정희는 이어폰을 끼고 테이프를 들으며 혼자서 속삭이듯 연습한다.

잠시 후, 앞 순서의 남자아이가 오디션실로 들어갔다. 다음은 정희 차례. 가슴이 쿵쾅거려온다. 그 남자아이가 나오자 스태프가 정희를 부르며 오디션실로 들어오라고 한다.

정희가 상기된 얼굴로 오디션실로 들어가 의자에 앉았다. 심사위원의 사인sign이 떨어지자 정희가 무대로 올라간다. 무대 위로 올라온 정희를 본 네 명의 심사위원들은 조금 전 대기실에서 젊은이들이 정희를 봤던 표정처럼 떫은 얼굴을 한다. 하지만 정희는 이젠 이미 무대에 서 있는 이상, 개의치 않고 집중해서 노래를 해야 한다. 정희는 심호흡을 하고 마이크를 붙잡는다.

정희가 미리 접수시켰던 자신의 테이프에서 반주가 나오자 정희는 자신이 작곡한 '울 아버지'를 부르기 시작한다.

노래를 듣는 심사위원들이 고개를 끄덕이며 서로 이야기를 나눈다. 노래가 끝나자 한 심사위원이 정희에게 묻는다.

"직접 작곡하신 곡인가요?"

"네."

정희가 조심스레 대답한다. 심사위원이 한동안 정희를 응시한다. 그리고 그의 입이 서서히 열린다.

정희는 가슴이 떨려왔다.

"폴 앵카Paul Angka의 '파파'Papa를 듣는 느낌이에요. 노래는 좋은데요…."

순간, 머릿속으로 그간의 일들이 파도처럼 그녀를 덮쳐온다.

1부

웅아버지

1.

1996년

베란다로 들어오는 오후의 햇살이 눈부시다 못해 창백하다. 정희는 빨래를 꺼내 탁탁 턴다. 빨래 바구니에는 세 식구가 벗어놓은 빨래들로 가득하다.

'이런 게 시지프스의 삶인가.'

시지프스는 신의 노여움을 받아 매일 벼랑으로 돌을 들어올린다고 했다. 사람이 매일 벗어내는 삶의 허물을 치우는 일에만 매달린다는 게 문득 멀미가 난다. 남편의 셔츠를 건조대에 너는 손끝에 힘이 빠지며, '헉' 숨이 차오른다. 그때 흰색 타이즈에 남색 세라 원피스를 입은 딸 소영이가 방문을 열고 거실로 나온다. 좋아하는 TV 프로그램을 보려 부랴부랴 숙제를 끝마친 아홉 살 딸은 잔뜩 기대에 찬 눈망울로 엄마를 올려다본다.

"엄마, 나 숙제 다 했어. 이제 종이접기 봐도 돼?"

소영이의 손에는 이미 색종이 한 묶음이 들려있었다.

"그래."

소영은 정희의 말이 떨어지기가 무섭게 거실 소파로 가 앉더니 리모컨을 누른다. TV화면에는 곧 소영이 즐겨보는 어린이 프로그램이 나왔고, 소영은 진행자가 만들어대는 각양각색의 종이접기에 금세 빠져들었다. 소영은 눈을 반짝거리며 노란 색종이를 따라 접는다.

정희는 TV속 진행자를 따라 색종이를 열심히 접어대는 딸 소영을 보며 희미하게 웃는다.

'그래, 나한테는 소영이가 있으니까.'

그건 위로가 아니라 자신에게 거는 주문 같은 거였다. 소영이가 있으니까 불만 같은 건 갖지 말자. 다른 삶은 꿈꾸지 말자는 주문. 이 삶도 충분히 의미가 있다는 주문 같은 것.

그때 전화벨이 울린다.

따리리리—.

이 시간이면 거의 늘 걸려 오는 전화벨 소리. 살얼음처럼 살짝 걸려있던 정희의 미소를 깨버리는 전화벨 소리였다.

민수의 Y셔츠를 다리던 정희가 다리미를 내려놓고 습관처럼 전화기를 든다.

"당신이에요?"

수화기 너머 남편 민수가 업무처리를 지시하듯 말한다.

"오늘 나 물김치하고 생선조림 먹고 싶어. 아 참, 참외도."

민수는 언제나 퇴근하기 몇 시간 전, 그러니까 이 무렵에 전화를 걸어 자기가 그날 먹고 싶은 메뉴들을 쏟아낸다. 마치 정희가 말만 하면 뭐든 만들어 내는 자판기라도 되듯이.

"네 알았어요."

정희는 이미 익숙해진 명령에 무덤덤하게 대답하며 수화기를 내려놓으려는데 그 순간, 수화기 너머에서 민수의 목소리가 다시 들린다.

"메모지에 써 가. 또 쓸데없는 것들 사지 말고."

정희의 가슴에 시지프스의 돌 하나가 덜커덩하며 가슴에 던져져오지만 늘 하던 대로 힘없이 대답한다.

"네."

뚜—.

정희는 끊어진 전화를 힘없이 내려놓으며 전화기에라도 대고 대꾸하고 싶었다.

'내가 언제 쓸데없는 것들을 샀다고 그래요?'

전화기가 뭔 죄인가? 소영이가 소파에서 내려와 쪼르르 달려온다.

"엄마, 이제 마트 갈 거지? 나도 따라갈래."

정희는 힘없이 고개를 들어 딸아이를 내려다본다. 소영은 엄마의 마음은 하나도 모른 채 그저 두 눈만 반짝이고 있다. 아마 정희가 민수의 전화를 받으면 으레 마트를 가고, 이따금 따라간 자신은 맛있는 군것질거리를 받곤 했으니까.

정희는 그 어린 생명체의 티없는 모습을 그윽이 들여다본다. 어쩜 이렇게 천진하고 사랑스러운 존재가 있을 수 있을까.

"엄마, 이것 봐봐. TV에서 아저씨가 오늘은 노랑나비 알려줬어."

소영은 색종이로 접은 노랑나비를 정희 앞에 내민다.

정희는 몸을 숙여 소영과 눈을 마주친다. 그리고 칭찬을 기대하는 아이의 뺨을 쓰다듬으며 웃는다. 지독히 무거운 바위 덩어리만이 남아있던 그녀 앞에 아름다운 나비가 날아오른다.

"우와, 잘했네. 우리 소영이, 나비가 금방이라도 날아오를 것 같아!"

아파트 단지 앞 그린마트는 그리 넓지 않아 장보기가 제법 편하다. 정희는 생선 코너에 놓인 생선들을 유심히 살피다가 가장 물 좋아 보이는 갈치 하나를 골라 카트에 담았다.

정희는 집에서 적어 온 메모지를 살피며 더 살 것이 없는지 살펴본다. 민수가 말했던 건 방금 다 샀고, 생필품도 얼추 다 산 것 같았다. 소영은 정희가 사주기로 한 홈런볼을 끌어안은 채 마트 구경하기에 여념이 없었다. 정희는 손에 쓴 장거리를 다 카트에 담았다. 혹시 빼먹은 것이 있는지 확인할 겸 카트를 끌며 마트를 훑어본다.

'이제 다 샀나?'

그렇게 돌아서려던 정희 눈에 문득 프라이팬이 들어온다. 고급스럽고 미끈한 프라이팬. 정희는 매대에 진열된 프라이팬을 보며 집에서 쓰던 오래된 프라이팬을 떠올린다. 코팅이 벗겨져 요리할 때 기름을 잔뜩 쓰지 않으면 들러붙어 제대로 된 요리를 할 수 없는 프라이팬이었다. 그날은 유난히도 맨초롬하게 코팅이 되어있는 프라이팬에서 눈을 뗄 수가 없다. 어제 TV에서 코팅이 벗겨진 프라이팬을 쓰면 중금속이 나와 몸에 좋지 않다는 말이 생각났기 때문이다.

'그래. 가족들의 건강을 위해서야.'

예산에 없던 걸 사면 남편에게 한 소리 들을지도 모르지만, 가족의 건강을 위해서라는 생각이 들자 주저함을 물리칠 수 있었다. 설마 건강을 위한다는데 뭐라 하겠는가. 정희는 이렇게 고민하다 큰맘 먹고 카트에 프라이팬을 넣는다.

그때 저쪽 코너에서 확성기를 든 남자 직원의 음성이 들려온다.

"복숭아 세일입니다. 올 여름 최초 세일하는 복숭아, 먹기만 하면 피부가 복숭아처럼 보송보송 예뻐지는 복숭아 세일입니다. 딱 열 분만 모시겠습니다."

복숭아! 정희는 귀가 번쩍 뜨인다. 며칠 전 진열대에서 철 이른 과일이라 비싼 가격표를 슬쩍 보고 스치기만 했던 복숭아! 정희는 오늘은 꼭 복숭아를 사고 싶었다. 아직 6월 초 이른 여름이지만, 어릴 적 아버지랑 대청마루에서 쟁반에 담아온 복숭아를 먹었던 기억이 오늘따라 간절하다. 아버지가 껍질을 벗겨 정희 입에 물려주면 복숭아 살이 입에서 스르르 녹아나, 향기가 입안 가득 차오르며 그렇게 맛있을 수가 없었다.

정희는 이번엔 복숭아를 할인가에 사겠다는 일념 하에 복숭

아 코너를 향해 돌진한다. 소영도 경주에 참여해 상품이라도
타러 가듯 신나게 따라온다.

집에 들어온 정희는 앞치마를 맨다. 요리만큼은 이상하게
성취감이 있다. 어질러진 걸 치우는 청소나, 벗어놓은 빨래를
정리하는 것과는 달랐다. 요리는 집안 일 중에서 가장 창조적
이다. 정희에게 허락된 유일한 창조 같은 것이랄까. 무엇보다
남편은 정희의 요리만큼은 인정하는 것 같다. 남편은 정희의
요리를 맛있게 잘 먹는다. 그나마 요리로 이 집에서 밥값을 하
는 것 같다.

물김치 담을 무와 배추, 열무, 당근, 붉은 풋고추, 쪽파, 생강,
마늘 등을 씻어 바구니에 담아놓았다. 그것들을 하나씩 정갈
하게 나무 도마 위에 얹어놓고 숭숭 썰기 시작한다. 그러면서
어느새 자신이 엊그제 써놓은 자작곡을 곧 콧노래로 흥얼거리
기 시작한다.

"송송송 파를 썰어 나박김치 담그면 시원한 국물 맛. 그이 좋아
하겠네~"

김치통에 수북이 썰어 놓은 야채들 위에 시원하게 식힌 물을 먼저 붓는다. 그다음에 소금, 고춧가루 한 숟갈 그리고 밀가루 조금 풀어 끓인 말간 죽을 넣어 휘휘 젓는다. 간을 보니 파 마늘 생강 맛이 혀끝을 톡 쏘며 구물의 슴슴한 맛이 괜찮다. 김치냉장고 안에서 이틀 정도 익히면 숙성된 국물 맛이 그만이다. 민수는 맛있다는 말은 안하지만 뜨거운 밥과 정갈하게 차려낸 반찬을 맛있게 먹는다. 까칠한 성격의 남편이지만 잘 먹어주는 모습을 보면 정희도 배가 부른 건 사실이다.

띠리리릭—.

민수가 현관문을 열고 들어온다. 한 손에 든 서류 가방이 제법 묵직해 보인다.

"당신 왔어요?"

정희는 후다닥 달려 나가 남편을 맞이한다.

"어."

민수는 인사를 받는 둥 마는 둥 그냥 안방으로 들어간다. 정희는 남편의 등을 잠시 쳐다보다가, 이내 다시 주방으로 돌아간다. 언제나 있는 일이었으니까.

하긴 그의 어깨가 퇴근해오면 축 내려앉은 게 고단해 보인다. 마침 갈치조림이 딱 알맞게 졸여지고 있다. 민수가 손 씻고 옷만 갈아입고 와 먹으면 딱 맛있게 완성될 듯했다.

"식사 바로 할 거예요?"

민수는 음식이 차려진 식탁을 힐끗 보고도 욕실로 들어가며 퉁명스럽게 대답한다.

"아니. 샤워하고 먹을 거야."

어쩔 땐 배고프다고 손만 씻고 나올 테니 어서 밥 차려 놓으라며 성화를 하기도 한다. 그래서 정희는 늘 그가 들어올 때에 맞춰 음식을 만들어 놓아야 안심이 되었다.

곧장 욕실로 들어간 민수는 샤워기를 세게 튼다.

'간단히 손만 씻고 지금 먹어야 맛있는데….'

정희는 아쉬움을 누르며 알맞게 졸여진 갈치조림에 물을 더 붓고 불을 낮춘다. 차리는 사람보다 먹는 사람에게 늘 맞춰야 하는 게 주부의 삶이려니.

잠시 후 민수가 젖은 머리를 털며 부엌으로 들어온다. 그런 그의 시선이 프라이팬에 꽂혔다. 민수가 조림 간을 보는 정희를 돌려세운다.

"이게 뭐야?"

"뭐요?"

정희는 전전긍긍한 마음으로 그를 쳐다본다.

"프라이팬 멀쩡하던데 왜 샀어?"

정희의 마음에 찬바람이 휙 들어온다.

"그 프라이팬 3년 넘게 썼어요. 코팅도 벗겨졌고요."

정희가 변명처럼 설명을 한다.

민수가 코웃음을 치며 다그친다.

"코팅 좀 벗겨진 게 어때서 그래? 더 쓸 수 있겠고만."

그 말에 정희가 기어들어가는 목소리로 대답한다.

"코팅 가루가 몸에 들어가면 중금속 중독이 된다고 해서요."

민수는 고개를 갸우뚱거리다 중금속 중독이라는 말에 슬며
시 입을 다물었다.

식탁 위에는 반찬들과 참외, 복숭아가 올려져 있다. 식탁에
앉은 민수는 복숭아를 응시한다.

"아니, 당신. 참외 샀으면 됐지, 복숭아는 왜? 나 복숭아 알
레르기 있는 거 몰라?"

순간 정희의 속에서 뜨거운 게 올라온다.

"나 복숭아, 좋아하잖아요."

정희의 물기 어린 목소리가 살짝 떨린다.

민수는 정희의 속마음을 아랑곳하지 않는다.

"아직 철도 아닌데, 당신도 참외 먹으면 되지. 비싼 복숭아를 꼭 사 먹어야 하나?"

'나는 나 좋아하는 과일 사 먹으면 안 되는 사람인가?'

억울한 생각이 든다. 하지만 정희는 애써 담담한 척 말한다.

"오늘 마침 반짝 세일이더라고요."

민수는 세일이라는 말에 비위가 상한 듯 큰 소리를 낸다.

"세일이라고 덥석 사? 메모에도 없는걸. 그건 걸 충동구매라고 하는 거야!"

"알았어요. 다음부터는 안 그럴게요."

정희는 자신도 모르게 입술을 꼭 깨물었다.

이건 모두 시아버지 탓이라고 시어머니가 넌지시 말해주었다.

시아버지는 자수성가한 중소기업인으로 시부모 모두 검소했다. 하지만 민수의 지나친 근검절약 정신이 정희로선 쉽게 받아들여지지가 않아 시어머니에게 하소연한 적이 있었다. 그때 시어머니는 위로를 포장하여 아들의 뜻을 따라달라는 당부를 며느리에게 하셨다.

"네 시아버지가 근검절약하여 이만한 회사라도 일구어 내셨단다. 나도 그 밑에서 평생 내조하느라 맘고생 심했어. 그래서 내가 네 심정 충분히 알고도 남는다. 민수도 그런 영향 때문이겠지. 그러나 가장으로서 허투루 낭비하지 않고 책임감 있는 남편이려니 생각하고 며느리, 니가 슬기롭게 잘 넘기길 부탁한다."

이렇게 귀띔하는 시어머니에게 더 이상의 하소연은 부질없는 짓인 것 같아 하소연 같은 건 그만두기로 하였다.

오늘처럼 이럴 때마다 정희는 어쩔 수 없이 자신을 쓰다듬어야 했다.

'시댁 남자들의 습관을 내가 이제 와서 어떡하겠어?'

이렇게 이해하고 넘어가려 해도, 이런 일로 부딪히게 될 때마다 정말 힘이 든다.

복숭아 하나로… 치사하고 서럽다. 복숭아 알레르기가 있는 그의 얼굴에 식탁 위의 복숭아를 하나 집어 확 비벼주고 싶은 충동이 인다. 하지만 속마음을 꾹 삼키며 참아내는 정희의 가슴은 이렇게 멍이 들어간다.

이렇게 아파하면서 그리고 또 무디어지면서…, 정희는 이런 주부의 삶에 익숙해지며 살아가고 해는 또 바뀌어만 간다.

2.

부엌 옆의 작은방은 원래 소영이가 피아노 연습실로 쓰도록 민수가 피아노를 들여놓았다. 그런데 정희도 이 방에 작은 책상을 들여놓고 소영과 이 방을 공동으로 사용하기로 했다. 소영이가 피아노를 치지 않을 땐 자신만의 공간으로 사용할 수 있는 이 작은방을 정희는 너무나 좋아했다. 정희는 이 부엌방을 '꿈의 공작소'라 이름 붙여 문 앞에 팻말을 달아놓았다. 여기 머물며 일기나 글도 쓰고 피아노를 두드리는 게 소확행(소소하지만 확실한 행복)이라 생각하며 이 작은 서재에 감사했다.

4월 말의 따스한 봄날. 정희의 서재 창문을 통해 들어온 오후의 긴 햇살이 책상 위로 내려앉는다. 책상 위에는 아버지 경석과 대학 시절 정희가 찍은 사진이 놓여있다. 정희의 대학 등록금을 내주러 학교에 온 경석과 함께 캠퍼스에서 찍었던 사진이다.

경석은 청년 시절 한때, 문학을 꿈꾸었던 문학도였지만 가장으로서 부양의 의무를 다하기 위해 꿈을 접고 정희의 엄마인 금자의 권유로 작은 출판사를 운영하게 되었다. 정희는 철이 든 고등학교 이후부터 그런 경석에 대한 연민으로 가슴이 시리곤 했다.

책상 위 라디오에선 은퇴한 '서태지와 아이들'을 그리워한다는 멘트와 함께, 그들의 노래 '난 알아요'가 나온다. 정희는 책상 앞에 앉아 신문을 보고 있었다.

'미국 대통령 빌 클린턴이 선거를 위한 유세를 시작했다.'라는 기사를 보고 다음 장으로 넘기려는데 신문 하단의 광고가 언뜻 눈에 들어온다.

〈S 백화점에서 5월 가정의 달을 맞이하여 가족 사랑을 담은 시와 노랫말 공모전을 개최하오니 많은 응모 바랍니다.〉

순간 정희의 눈빛이 반짝거렸다. 정희가 책상 위에 꽂힌 노트를 펼치고 볼펜으로 무언가 쓱쓱 써 내려간다. 마지막으로 제목을 써넣는다.

'울 아버지'

정희가 책상 위에 놓인 사진을 다시 쳐다본다. 아버지와의 감당할 수 없었던 이별이 떠오르며 정희의 큰 눈망울에 눈물이 고여온다.

3.

1989년이었다.

S 대학병원 응급실 앞. 정희가 멈춘 택시에서 헐레벌떡 내린다.

조금 전 받았던 엄마, 금자의 전화 속 떨리는 음성이 귀에 쟁쟁하다.

"네 아버지가 위급하셔!"

배달기사가 쉬는 관계로 약속된 시간에 직접 책을 납품하러 가던 경석이 갑자기 쓰러져 H 병원 응급실로 이송되었다고 했다. 이러한 내용을 거래처에서 전달받았다는 금자는 지금 응급실로 가고 있으니 정희에게도 응급실로 빨리 오라고 했다.

정말 믿을 수가 없다. 오늘 아침 정희는 출판사에 출근한 경석의 전화를 받았었다.

"소영이 갖다주려고 이번에 새로 출간한 그림 동화책 한 집을 빼놓았다. 나중에 틈나는 대로 들르마."

그렇게 말한 경석의 음성이 아직도 정희 귀에 온기로 남아 있는 데, 경석이 잘못되다니… 거짓말 같았다.

정희의 가슴이 심하게 요동치고, 다리가 덜덜 떨려왔다. 자신만을 제외하고 세상이 모두 암전 된 듯한 생경한 감각이 들었다. 정신을 가다듬어 택시를 잡아타고 아버지가 이송되었다는 병원으로 향했다.

정희는 상기된 얼굴로 응급실로 뛰어 들어가 누워있는 환자들을 이리저리 둘러본다. 그때 한 침대 앞에서 울고 있는 금자가 보인다. 정희는 당황하여 멈칫한다. 금자 앞 침대엔 하얀 시트가 덮어져 있었다.

'서, 설마.'

정희는 급히 다가가 떨리는 손으로 침대 시트를 급히 젖힌다. 경석은 다시는 뜨지 않을 것처럼 눈을 꼭 감고 있었다. 창백한 납 인형처럼 굳어져 있는 아버지의 얼굴! 아버지의 이런 얼굴은 단 한 번도 본 적이 없다. 아니 상상해 본 적도 없는 정말 낯선 아버지의 얼굴이었다.

정희는 말을 더듬는다.

"아…. 아버…, 아버지! 이게 뭐야! 눈 좀 떠봐요."

정희는 자신이 더 크게 악을 쓰면, 딸의 목소리를 듣고 경석이 벌떡 일어날지도 모른다고 생각했다. 그래서 더 크게 악을 쓴다.

"아버지, 내 목소리 안 들려요?"

경석은 여전히 듣지 못한다.

간호사들이 정희를 밀어내며 경석의 얼굴에 다시 시트를 덮는다. 정희는 간호사들을 뿌리치며 이렇게 아버지를 보낼 수는 없다고 경석의 침대를 붙잡고 몸부림친다. 하루아침에 '심장마비'라는 오명을 씌워 아버지라는 존재를 '저세상 사람'으로 데려가 버린 하늘이 정말 원망스러웠다.

'아버지가 더 이상 나와 함께 살았던 이 세상 사람이 아니라니. 말도 안 돼!'

아버지를 이렇게 갑자기 그냥 보내버릴 수 있단 말인가? 정희는 한 번만이라도 아버지의 마지막 온기를 느껴보고 싶었다.

"아버지를 한 번만이라도 안아 보게 해줘요."

의료진에게 애절한 눈빛으로 말하는 정희에게 금자가 냉정한 목소리로 막아선다.

"아버지한테 손대지 마라! 그만해! 정희야."

금자는 정희의 심정을 정말 모르는 것 같다. 아버지의 몸에 손대지 말라니. 차가운 이성을 가진 엄마에게 얼음 같은 한기가 느껴졌다.

"엄마, 아버지가 돌아가셨잖아! 엄만 항상 엄마 맘대로야!"

엄마는 정말 냉정해 보였다. 정희는 그런 금자를 원망스러운 눈빛으로 바라보다가 참았던 눈물을 터트리기 시작했다. 금자는 정희를 복잡한 표정으로 바라보았다. 의료진들이 경석의 시신을 옮기려 했다. 정희는 다시 넋이 나간 듯 시트로 뒤덮인 경석에게 눈길을 돌린다. 시신이 응급실을 빠져나가자 정희는 급히 그 뒤를 쫓아간다. 경석의 몸은 시신을 보관하는 영안실 창고 안으로 들어가고 그 문이 닫혀버렸다.

쾅!

문 닫히는 소리가 정희를 멍이 들게 짓누른다.

경석에게서 떨궈진 듯한 기분과 함께 온몸에 찌르르 진땀이 흐른다. 누군가가 정희를 낭떠러지로 툭! 밀어버리는 것 같다. 끝없는 추락이 그녀를 엄습해온다.

"안 돼요! 아버지!"

아버지를 삼켜버린 영안실 문. 정희는 그 문을 넋이 나간 듯 바라본다. 이내 그 문은 정희에게 어릴 적 집 대문으로 바뀌어 보인다.

정희는 집 대문을 열고 그때로 들어간다.

앞마당 가득 싱그럽던 풀 향기, 따스한 햇살, 아빠의 체온이 느껴지는 포근했던 어릴 적의 집….

어린 7살 정희가 대문을 밀어젖히고 꽃내음이 가득한 마당으로 뛰어 들어온다. 1960년대 스타일의 중류층 양옥집이다. 마당에 앉아있던 삽살개 또또가 정희를 반기며 꼬리를 흔들고 다가온다. 유치원 가방을 멘 정희의 손에 동그랗게 말린 도화지가 들려있다. 정희가 마루로 올라서, 안방 문을 연다.

안방에는 경석의 책상이 있고 전축 위에는 꽤 많은 LP 판들이 꽂혀 있다. 전축 옆에 기타 한 대가 세워져 있다. 금자와 경석이 나란히 앉아 흑백 TV를 보고 있다. TV에선 박정희 대통령의 새마을 운동이 소개되고 있었다. 정희가 헐레벌떡 방으로 들어오자, 경석이 다가가 정희를 꼭 안고 볼을 비비며 반긴다. 금자는 계속 TV를 보고 있다.

정희가 웃으며 경석에게 손에 들고 온 그림을 펼쳐 보인다.

"아빠, 이것 봐. 유치원에서 이다음에 커서 되고 싶은 거 그려 보라 했어."

도화지엔 분홍 드레스를 입고 무대에 서서 노래하고 있는 정희가 그려져 있다. 경석은 그림을 보더니 웃으면서 정희를 안고 머리를 쓰다듬는다.

"우리 정희, 잘 그렸네."

정희는 해맑은 미소를 지으며 이제 금자 앞에 그림을 내민다. 금자는 정희의 그림을 한동안 바라보는데 왠지 표정이 심상찮다. 들뜬 마음으로 그림을 보여주던 정희의 얼굴에 차츰 어둠의 그림자가 드리워진다. 마침내 금자가 입을 연다.

"가수? 딴따라는 절대 안 돼! 너는 네 이모처럼 하얀 가운 입는 의사가 되어야 해."

금자는 말이 끝나기가 무섭게 정희의 그림을 구겨서 바닥에 거칠게 내던졌다. 그건 엄마로서의 '감정의 무단투기'였다. 정희가 놀라서 울음을 터뜨린다, 울던 정희는 자신의 그림을 주워 손바닥으로 다시 편다. 그림 위로 눈물, 콧물을 떨어뜨리며 소리 지른다.

"싫어, 엄마 미워!"

정희는 전축 위에 놓인 레코드판을 올려다본다. 가수 정훈희의 '안개' LP 판이 놓여 있다.

"나는 저 언니처럼 분홍 원피스 입고 노래하고 싶단 말이야! 엉엉엉."

정희가 심하게 울어서인지 계속 딸꾹질을 해댄다.

"엉엉 딸꾹! 으윽 딸꾹! 딸꾹!"

경석은 정희에게 다가가 정희의 등을 토닥인다. 그리고 경석은 금자에게 겨우 한 마디 쏘아붙인다.

"아이들 그림이 정직한 거지."

경석은 다시 정희가 그린 그림을 찬찬히 들여다본다.

"우리 정희가 예쁘기만 하고만."

금자는 발끈한다.

"뭐라고요? 당신이 맨날 전축이나 틀어대고 잘 치지도 못하는 기타나 두드려대니까 애가 가수나 한다잖아요? 맨날 애만 감싸고도니까 쟤가 내 말은 더 안 듣는다고요!"

경석은 무슨 말인가를 하려다 그냥 입을 다물고 만다.

경석은 한때 소설가를 꿈꾸던 문학청년이었다. 그러나 그의 문학 습작들은 공모전에서나 출판계에서 선택받지 못했다. 그의 작품들이 책장에 폐지처럼 쌓여 가면서 그는 시간의 흐름에 순종하게 되었다. 가족을 부양해야 했던 그는 딸인 정희가 돌이 되던 해, 부유하게 사는 아내의 친정집 도움을 받아 작은 출판사를 시작하게 되었다.

"그것 봐요! 당신 꿈이 얼마나 헛된 꿈인지 이제 아시겠죠?

쓸데없는 환상일랑 빨리 접고 현실을 받아들여요."

금자는 사업을 시작한 경석에게 다시는 다른 꿈을 꾸지 못하도록 못을 박았다. 경석의 사업은 그냥저냥 먹고 살 만큼은 돌아갔다. 하지만 금자는 남편의 사업 실적이 시원치 않다는 핑계로 늘 물심양면으로 친정집의 도움을 받고 있었다. 형편이 그런지라, 경석은 불편한 심기를 눌러가며 금자가 하자는 데로 내버려 둘 수밖에 없었다. 그리고 늘 기가 죽은, 남자답지 못한 남편으로 지냈다.

그런 모습이 습관처럼 굳어져 버린 경석은 이번에도 어린 정희에게 그렇게까지 할 일이냐고 응수하고 싶었지만 금자의 말에 별반 크게 응수를 하지 않는다. 아내에게 이렇게 못마땅한 마음이 들 때면 경석은 훌쩍 자전거를 타고 꽤 떨어진 낚시터로 가곤 했다. 그때의 어린 정희는 경석이 저수지에서 낚싯대를 담그고 먼 하늘을 바라보며 무슨 생각에 젖어있다 오는지 알지 못했다.

이번에도 경석은 말없이 정희를 번쩍 안고 자전거에 태워 집 밖을 벗어난다.

저수지 물 비린내를 품고 있는 나뭇잎들이 바람에 싱그럽게 흔들리고 있었고, 오후 햇살은 따스하게 저수지를 감싸고 있다. 경석은 라일락 나무 곁에 자전거를 세워두고 낚시할 채비를 한다. 경석은 저수지에 낚싯대를 꽂고 앉았다. 옆에서 정희는 미끼에 쓰일 지렁이를 나무젓가락으로 건져 올려 유리병 속에 한 마리씩 집어넣는다. 지렁이들이 반병 가까이 차서 서로 엉겨 꿈틀거린다. 정희는 미끼를 경석에게 가져다주는 게 신이 나는지, 집에서의 일은 이미 잊은 듯 무슨 노래인지를 허밍으로 흥얼거린다.

"라라라~ 라라라라~"

정희는 경석에게 다가가 지렁이가 담긴 병을 건넨다.

"아빠, 여기 미끼요. 내가 많이 잡아 왔어요!"

"아이고, 우리 정희, 그만하면 됐다. 이제 이리 와 앉아봐라."

정희가 옆에 앉자 경석이 정희의 머리를 사랑스럽게 쓰다듬는다.

"정희야, 아까 무슨 노랜지 흥얼대던데. 이제 우리 정희 노래나 한 곡 듣자."

"아 그거? 아빠가 전축에서 자주 틀었던 정훈희 언니의 '안

개’ 노래야. 나도 할 수 있어.”

“응, 그려? 그럼 아빠한테 한 번 불러줘 봐.”

정희는 엉덩이에 묻은 풀을 탁탁 털고 일어서 저수지 끝에 걸려 넘어가는 석양을 바라보며 ‘안개’를 부른다.

“나 홀로 걸어가는 안개만이 자욱한 이 거리 (중략) 그래도 애타게 그리는 마음~”

아이답지 않은 애처로움이 스민 노래가 황혼으로 물들어가는 저수지에 울려 퍼진다. 물속에 잠겨가는 해를 바라보고 앉아있는 경석과 노래를 부르고 있는 정희의 뒷모습이 한 폭의 그림 같다.

그때 낚싯대의 찌가 움직이고 경석은 단숨에 낚싯대를 확 끌어올린다. 큰 잉어 한 마리가 낚싯대에 걸려 펄떡인다. 노래를 멈추고 정희가 급히 물통을 건넨다. 경석은 크게 기뻐하며, 잉어를 물통에 넣는다.

“하하하. 우리 정희 노래를 들으려고 이놈이 이리로 왔구나! 역시 우리 정희 노래 솜씨는 잉어도 알아듣는다니까!”

경석은 호탕하게 웃는다.

“이제부터 ‘라라라~’ 노래하는 우리 정희를 ‘라라’라는 애칭으로 부르면 되겠다.”

정희는 뜻밖의 선물로 받은 이름이 신기한 듯 눈을 깜박이며 되묻는다.

"라라?"

경석은 딸이 그 이름을 맘에 들어 했으면 하는 눈치다. 정희는 아빠가 선물한 '라라' 이름이 맘에 든다.

"응, 예뻐."

그때 정희 근처에 노랑나비 한 마리가 날아와 정희와 경석의 곁을 맴돈다. 그 뒤엔 라일락 나무의 꽃이 흐드러지게 피어 있다. 경석은 정희를 번쩍 들어 안아준다.

"아빠는 우리 '라라'를 항상 응원할 거야! 저 나비처럼 훨훨 날아서 네 꿈을 맘껏 펼쳐봐."

경석이 정희 앞에 엄지를 들어보인다. 정희는 경석의 품에서 해맑은 미소를 짓는다. 맴돌던 나비가 라일락꽃으로 날아간다.

4.

다음 해 정희가 초등학교에 입학했다. 정희는 학교 대표로 뽑혀 해달님초등학교 어린이 동요대회에 출전하게 되었다.

어린이 동요대회가 열리는 KBS 방송국 공개홀의 열기가 뜨겁게 느껴진다. 어린 정희가 무대 위에서 초조하게 서 있다. 무대 뒤에 '어린이 동요대회'의 플래카드가 걸려있다. 정희가 객석을 휙 둘러본다. 객석 1열에 5명의 심사위원이 앉아있고, 그 뒤로 학부모들과 교사들, 그리고 초등학생 어린이들로 가득 차 있다. 그러나 정희가 찾는 엄마의 얼굴은 보이지 않는다. 어제 금자와 했던 말이 정희 귓가에 남아있다.

'엄마, 방송국에 올 거지?'

'엄마는 안 가.'

정희는 어제 금자가 했던 말을 상기하며 이제 더 이상 엄마를 기다리지 않기로 했다.

정희가 부를 동요 '나비'의 피아노 반주가 흐르는 그때, 객석 뒤에 문이 열리더니, 뜻밖에 경석이 홀 안으로 홀연히 들어온다. 그리고 무대에 서 있는 정희를 보고는 손을 들어 보이며 미소를 짓는다. 정희의 얼굴이 환해지고, 반주에 맞춰 노래를 시작한다.

"희고 노란 꽃나비. 봄바람 타고서 꽃무리를 모아서 꽃동산 꾸미네.~"

정희의 노래하는 모습을 보면서 시종일관 흐뭇한 표정을 짓는 경석과 반 친구들, 담임 선생님의 얼굴이 보인다. 정희의 노래가 끝나고, 그 뒤로 몇 명의 아이들이 무대에서 노래를 부르고 들어가 참가자들의 순서가 끝났다.

잠시 후, 사회자가 무대 위에 올라와 결과를 발표한다.

"최우수상에는 참가번호 5번, '나비'를 부른 해달님초등학교 1학년 이정희!

이정희 어린이는 무대 위로 올라와 주세요."

정희는 뛸 듯이 기뻤다. 아빠와 눈이 마주쳤다. 경석 역시 기뻐 싱글벙글 웃고 있었다. 정희는 무대 위로 올라간다.

정희가 트로피와 상장을 받고 내려와 경석에게 달려간다. 경석은 메고 온 카메라로 상패를 들고 웃고 있는 정희의 모습을 담는다. 찰칵! 플래시가 눈부시게 터진다.

5.

정희가 앞치마를 두르고, 거실 바닥을 걸레질을 하고 있다. 전화벨이 울리자, 걸레를 내려놓고 전화를 받는다.

"여보세요?"

"안녕하세요. 여긴 S 백화점 홍보실인데요. 이번에 저희 공모전에 응모하신 이정희 씨 노랫말이 가작으로 당선되었어요. 축하드립니다."

순간 기쁨의 짜릿한 감각이 머리끝부터 발끝까지 전율처럼 스쳐간다.

"네? 정말요? 감사합니다! 정말 감사합니다!"

정희가 전화기를 들고 고개를 연신 숙여댄다.

미지의 대륙으로 홀쩍 떠나버린 아버지를 만나러 가는 기차표를 선물 받은 것 같다. 가슴이 뭉클해진다.

다음날 늦은 오후, 아파트 현관문을 열고 정희와 소영이가 꽃다발과 봉투를 들고 들어선다. 민수가 거실에 앉아 TV를 보고 있다가 정희와 소영이 들어오는 모습을 보고 황당한 표정을 짓는다.

"웬 꽃다발이야?"

"아빠, 엄마가 노랫말 써서 응모했는데 그 백화점에서 오늘 상 받았어. 나도 따라갔다 왔는데 진짜 좋았어."

소영은 봉투 안에서 정희가 탄 상패를 꺼내 아빠 앞에 들어 보인다.

"이거 상패! 이건 사진!"

소영이 주최 측에서 찍어준 즉석 폴라로이드 사진도 민수에게 보여준다. 사진엔 꽃다발과 상패를 안고 있는 정희와 그 옆에 바짝 붙어서, 손가락을 V자로 세운 소영이 웃고 있다. 민수는 사진을 힐끗 쳐다보더니 별거 아니라는 듯 돌아서 다시 TV 앞으로 간다.

TV에서는 영국에서 최초의 복제 포유류인 양 돌리가 태어났다는 소식이 나오고 있다.

민수는 소파에 앉으며 대수롭지 않다는 듯 말을 내뱉는다.

"뭐 그게 대단한 거라고…."

소영이 다가와 아빠를 향해 어깨를 으쓱해 보인다.

"아빠 별로야? 난 엄청 으쓱했는데."

민수는 소영과 더 이상 할 말이 없다는 듯 정희를 재촉한다.

"어서 밥이나 차려, 배고파."

"치, 아빠 괜히 심통이야."

조금 전까지만 해도 부풀어 올랐던 정희의 마음은 바람 빠진 풍선처럼 착 가라앉으며 의기소침 해졌다. 정희는 꽃다발과 상패를 작은 서재 방에 얼른 갖다 두고 급히 부엌으로 간다. 앞치마를 두르고 부리나케 냉장고 문을 열고 닫고, 가스 불을 켜며 밥을 차리기 시작한다. 정희 얼굴에 구슬땀이 맺힌다. 남편의 냉랭한 반응에 서운한 감정이 마음속에서 스믈 거리기 시작했다.

소영은 그런 정희의 모습을 안타깝게 바라보며 한숨을 내쉰다.

"휴우."

6.

정희 서재의 벽시계가 밤 11시를 가리킨다. 피아노 위엔 노랫말 공모전에서 당선된 '울 아버지' 상패가 놓여있다. 피아노 악보대에 펼쳐진 오선지 노트엔 '울 아버지' 가사가 쓰어 있다.

정희는 흥얼거리며 오선지 위에 멜로디를 그려나가기 시작한다. 정희는 시간 가는 줄 모르고 작업을 하고 있다.

정희는 멜로디를 다 채웠다. 휴우-. 고단한 한숨을 내쉬며 만족스럽게 연필을 내려놓는다. 이번엔 옆에 꽂힌 마이크를 붙잡고 카세트 녹음기의 녹음 버튼을 누른다. 정희는 조심스럽게 소곤거리듯 노래를 부르기 시작한다. 정희의 '울 아버지'노래가 반주 없이 목소리만으로 녹음되고 있다.

그때, 갑자기 서재 방문이 확 열리며 민수가 들어온다. 민수는 펼쳐진 노트와 그 옆에 놓인 마이크를 어이없는 눈초리로 쳐다보더니 곧 카세트의 정지 버튼을 눌러버린다.

밤늦게 게임을 하다 부모에게 들킨 아이처럼 정희는 겁먹은 표정으로 민수의 눈치를 살핀다. 민수는 그런 정희를 무시한 채 책상 위에 펼쳐진 오선지 노트를 집어 거칠게 쫙- 찢더니 방바닥에 휙 던진다. 찢어진 노트와 악보들이 방바닥에 산만하게 흩어진다.

"또 그놈의 콩나물 대가리들! 백날 그려봐. 날고 긴다는 젊은이들도 히트곡 내기가 하늘의 별 따기인데, 당신 같은 아줌마가 무슨 곡을 쓴다고 그래? 그 헛짓 좀 그만하고 어서 잠이나 주무셔!

민수는 방의 전등 스위치를 툭 끄고 나가버린다.

어두워진 방에 남겨진 정희는 방바닥에 나뒹구는 노트처럼 찢긴 마음을 주워 담으려 숨을 거칠게 몰아쉰다. 그리고 떨리는 손으로 바닥에 널브러진 악보 위의 콩나물 조각들을 줍는다. 그리고 찢긴 악보를 책상 위에 올려 다시 맞추고 테이프로 한 장, 한 장 붙인다. 수선된 악보 위로 그제야 정희의 눈물 한 방울이 뚝! 떨어진다. 정희가 책상 앞 의자에 털썩 앉아, 서랍을 열어 조심스레 그 노트를 넣어둔다. 서랍 안 노트 옆에는 오래된 파카 만년필 하나가 가지런히 놓여있다. 정희의 아련한 시선이 그 만년필에 잠시 머문다. 정희는 이내 서랍을 닫는다.

7.

카페에 카펜터스의 노래 '예스터데이 원스 모어Yesterday once more'가 흐르고 있다. 카페엔 대학 동창인 수연이가 정희를 기다리고 있다

'딸랑' 소리가 들리자 문 쪽을 쳐다본 수연은 안으로 들어서는 정희를 향해 웃으며 자리에서 일어난다. 정희도 수연에게 다가간다.

"수연아, 오랜만이야. 반갑다. 잘 있었어?"

수연과 정희는 손을 반갑게 붙잡는다. 그때 대학 동창 효숙이가 헐레벌떡 들어온다. 효숙이도 정희에게 다가와 정희를 껴안으며 호들갑을 떤다.

"정희야, 이게 얼마 만이니? 며칠 전 우리 과 모임도 있었는데, 모두들 너 궁금해하더라. 수연이가 널 만난다기에 나도 오겠다고 했어."

"그래? 모임에 참석하지 못해 미안해. 애들은 어떻게 지내니?"

수연은 그런 정희의 말을 기다렸다는 듯.

"다들 잘 지내지. 지난주 학교 근처 레스토랑에서 동창회를 하는데, 마침 데비 분의 '유 라이트 업 마이 라이프You light up my life'가 나오더라. 네가 졸업 사은회 때 부른 노래잖아."

효숙이도 거든다.

"무엇보다 팝송경연대회에서 '원 서머 나이트One summer night'을 불렀던 정희 모습! 얼마나 멋졌는데……. 다들 그때 생각난다고 했지."

정희도 들뜬 친구들 말에 미소를 지으며 말한다.

"오랜만에 너희들 보니 너무 반갑고 나도 그때 생각이 난다. 얘."

수연은 잠시 머뭇거리더니 슬며시 말을 꺼낸다.

"정희야, 그런데 요즘은 너 노래 안 해?"

정희가 시선을 아래로 떨구고 잠시 망설이다 말문을 연다.

"응, 노래…. 요즘 돌아가신 아버지를 생각하고 쓴 '울 아버지'란 가사에 곡을 붙이고 있어."

갑자기 수연의 눈빛이 은근해진다.

"잘 되었으면 좋겠다."

효숙도 고개를 끄덕거렸다.

"나도 동감이야."

그러자 정희는 볼멘 목소리로 친구들에게 고백한다.

"사실 어젯밤에 내가 그 노래 작업하고 있었는데 남편이 들어와 악보 노트를 찢어버렸어. 그런 뻘짓 하지 말라고…."

그 말에 수연이 발끈한다.

"뭐라고? 그걸 찢어버려? 세상에 웬일이야? 그럴 땐 너도 같이 싸워버려! 자기가 교수면 다야?"

수연이 마치 자신이 민수와 싸워 버려야 분이 풀릴 듯 열을

낸다. 효숙이도 거든다.

"수컷들은 다 그렇더라고."

정희가 효숙의 재미난 표현에 웃음과 한숨을 내쉬며.

"나만 참으면 되지. 일 커지는 거 싫어."

수연이 다시 목에 힘을 주어 말한다.

"이제 참는 게 미덕이던 시대는 지났어! 너 꼭 '울 아버지' 만들어 불러. 너도 하고 싶은 것 하고 살아야지! 이래서 난 독신이 편해. 그 수컷 눈치 안 보고 기자 생활 자유롭게 할 수 있거든."

효숙이도 한마디 한다.

"나도 콩깍지가 씌어서 가난한 우리 남편하고 졸업하고 바로 결혼했잖니. 근데 나 일없이 살다 보니 시어머니나 남편에게 알게 모르게 눈치를 받는 게 너무 힘들었어. 자존심 상할 때가 한두 번이 아니었다니까. 여자도 경제력이 있어야겠더라."

정희가 놀라며 효숙을 위로한다.

"어머 너 많이 힘들었겠구나."

이어서 효숙이 자신의 처지를 솔직하게 털어놓는다.

"그래서 뒤늦게나마 보험회사에 뛰어들어 플래너로 이렇게 열심히 뛰잖니. 버지니아 울프의 '자기만의 방'도 중요하지만, 난 '자기만의 돈'을 주장하고 싶어. 정희 네 남편은 잘나가는 교수님이시니 그래도 넌 그런 걱정은 없잖니."

정희가 희미하게 웃는다.

효숙은 정희에게 자신의 명함을 살며시 내민다. 정희가 알았다며 명함을 받아 가방에 넣는다.

정희가 손목시계를 본다.

민수가 집으로 돌아올 시간이 가까워지고 있다,

효숙이가 놀리듯 묻는다.

"교수님 밥 차려드리러 빨리 들어가 봐야 하는 거야?"

"아, 아니야. 좀 더 있어도 돼."

정희가 말과는 달리 편해 보이지 않은 걸 느낀 수연이 말한다.

"야 그만 일어나자. 정희 표정이 좀 그렇다."

정희도 아쉬웠다. 오랜만에 만난 친구들과 실컷 수다 한 번도 떨어보지 못하고 일어서야 하는 상황이. 시간이 되면 돌아가야 하는 신데렐라처럼, 저녁밥 때가 가까워지면 돌아가야 마음 편한 건 어쩔 수 없는 주부의 습관이 되어버렸나 보다. 모두 자리에서 일어나 카페를 나간다.

8.

  1997년. 대중음악 작곡 학원인 컴퓨터 미디 학원 교실에서 성희가 20내 학생들과 미디 음악 프로그램인 '게이그워그'를 배우고 있다. 남자 선생님이 학생들 사이로 돌아다니며 지도하고 있다. 정희가 좀 전에 배운 대로 집중해서 혼자 열심히 컴퓨터 작업을 한다. 컴퓨터 모니터에 정희가 작업해 놓은 '울 아버지' 반주 데모 테이프 파일이 보인다. 프로그램 메뉴에서 저장save 버튼을 누르고 테이프를 꺼내고 일어선다.

  학원 게시판 앞에 남녀 학원생들이 모여 새로 올라온 게시물을 눈여겨보고 있다. 뒤에 선 정희도 그 사이로 게시판을 응시한다. 게시판엔 M 기획사 신인 가수 발굴 오디션 공고가 붙여져 있다.

  정희는 웅성거리는 학원생들을 뒤로하고, 학원을 나오며 생각했다.

  '나도 한번 도전해 볼까?'

  막상 지원해 보려니 자신이 없다.

  비아냥거렸던 민수 말이 귓가에 쟁쟁하다.

  '아줌마를 누가 뽑아줘? 긴다 난다 하는 젊은 애들도 뽑히기

힘든데'

의욕이 꺾인다. 집으로 돌아오는 버스 안에서도 내내 망설였다.

그러나 며칠 후, 정희는 망설이던 M 기획사 오디션에 참가하기로 마음먹었다.

9.

그렇게 긴 망설임 끝에 M 기획사 오디션에 지원하고 무대에 섰다.

정희는 자신이 작곡한 '울 아버지'를 부르기 시작한다.

1절

나어릴 적에 꼬막손잡고 놀아 주시던 아버지

졸업식 날에 장미 꽃다발 내게 안겨 주시던 아버지

웨딩 마치 올릴 적에 눈물을 감추시던 아버지

MUSIC

울 아버지

울 아버지 소주 한 병 이제는 알 것 같아요.

2절

철없던 딸이 낭신에게는 희망이라시던 아버지

눈 내리던 날 앙꼬 호빵을 호호 불어주시던 아버지

그리운 고향처럼 언제나 보고 싶은 아버지

울 아버지 주름진 얼굴 이제는 웃어보세요.

울 아버지 거칠어진 손 당신을 사랑합니다.

노래를 듣는 심사위원들이 고개를 끄덕이며 서로 이야기를 주고받는다. 정희의 노래가 끝나자 한 심사위원이 묻는다.

"직접 작곡하신 곡인가요?"

"네."

정희가 조심스레 대답한다.

심사위원이 한동안 정희를 응시한다.

정희는 가슴이 떨려왔다. 그의 입이 서서히 열린다.

"음… 폴 앵카Paul Angka의 '파파'Papa를 듣는 느낌이 드네요. 노래는 좋은데요…. 저희 타깃은 젊은 층이라 이정희 씨는 저희 콘셉트와는 안 맞아요. 안타깝습니다."

정희는 얼굴이 화끈 달아오르며 순간 쥐구멍에라도 들어가고 싶어졌다.

"알겠습니다. 감사합니다."

정희는 꾸벅 인사를 하고, 상기된 표정으로 오디션실을 도망치듯 빠져나간다.

좌절감이 밀려왔다. 자존감도 와르르 무너져 내렸다. 서둘러 집으로 향하는 버스를 탔다. 버스에서 내려 종종걸음으로 걸어 아파트 현관문 앞에 서니 피곤이 밀려왔다. 그냥 딱 씻고 뻗고 싶었다. 그러나 정희는 고개를 저으며 할 일들이 기다리고 있는 집 현관문을 힘껏 열고 아무렇지 않은 척 들어선다. 정희가 들어오자 민수가 거실 소파에서 벌떡 일어나 정희에게 다가온다. 정희는 평소보다 빨리 돌아온 민수를 보고 놀란다. 민수는 그런 정희에게 바로 말을 쏟는다.

"아니, 어딜 쏘다니다 이제 들어와? 당신 그 오디션인가 뭔가 또 보고 온 거지? 백날 가봐. 아줌마를 누가 뽑아줘? 계란으로 바위 치기지. 살림이나 제대로 하고 소영이나 잘 키우라고 했잖아."

안 그래도 오디션에서 이 아줌마를 향해 날아왔던 돌멩이, 충분히 맞은 것 같은데… 더욱 풀이 죽는다.

정희는 서둘러 앞치마를 메고 재빨리 저녁을 차리기 시작한다.

그때 방에서 정희와 민수의 대화를 듣고 있던 소영이가 쪼르르 달려 나와 뾰로통한 얼굴로 민수에게 다가간다.

"아빠, 엄마한테 뭐라 하지마. 엄마 노래 잘하는데 가수하면 안 돼?"

"노래만 잘한다고 다 가수되는 거 아니다."

민수는 더 이상 소영의 말에 대꾸하고 싶지 않다는 듯 정희에게 말을 돌린다.

"아 배고파!"

이런 아빠의 역정이 소영이는 늘 고깝다.

"배고프면 엄마만 기다리지 말고 아빠가 손수 차려 먹으면 되잖아. 나도 차려 먹을 수 있는데,"

"시끄럽다. 밥은 엄마가 차려야 하는 거야."

정희는 자기 때문에 민수와 소영이가 다투는 게 싫다. 이럴 때 마음이 상한다.

'나만 참으면 되는 거야.'

밥상을 차리는 정희의 손놀림이 바쁘게 움직였다.

"식사하세요."

서둘러 정희가 민수와 소영을 부른다.

10.

거실 시계가 밤 9시를 가리키고 있다. 민수가 거실에서 TV를 보고 있다. 다가오는 2002년에 열릴 FIFA 월드컵을 대한민국과 일본이 공동 개최한다는 뉴스가 나오자 민수는 오른손을 힘껏 치켜들며 환호의 괴성을 질러댄다.

"와!"

그는 영락없는 대한민국 남자였다.

정희는 부엌을 정리하고 소영의 방문을 살짝 열어본다. 소영은 침대에 검은 고양이 인형 앨리스를 안고 잠들어 있다. 정희가 거실로 나가 민수에게 조심스레 말을 꺼낸다.

"저 아래 공원에서 바람 좀 쐬고 올게요."

잠깐이라도 바깥공기를 쐬지 않으면 숨이 멎을 것처럼 답답했다.

민수는 정희를 물끄러미 바라보며 묻는다.

"이 밤에 어딜 또 나가겠다는 거야?"

"걱정하지 마세요. 제가 뭐 한두 살 먹은 앤가요?"

"한두 살 먹은 애면 강보에 싸여 집에 있기나 하지!"

그때 TV에서 큰 함성이 들려오자 민수는 다시 TV로 시선을 돌린다. 그리고 정희에게 큰소리로 대충 말한다.

"빨리 갔다 와."

정희는 이 틈을 타서 얼른 현관문을 열고 나간다.

집을 빠져나온 정희는 아파트 앞 공원을 향해 더벅터벅 걸어간다.

그때 공원에서 나오는 노인과 딸로 보이는 여자가 웃으며, 정희의 옆을 지나간다. 지팡이를 짚은 아버지와 딸의 모습이 정겨워 보인다. 정희는 그들이 시야에서 사라질 때까지 뒤돌아서서 한참을 바라본다.

그들이 사라지자 정희는 자신이 향하던 공원으로 다시 발걸음을 옮긴다. 공원에 들어선 정희가 벤치에 앉아 멍하니 밤하늘을 올려다본다. 그리고 울먹이는 목소리로 소곤거린다.

"아버지···. 저 아버지 생각하고 '울 아버지' 만들었어요. 저 노래하고 싶어요. 이대로 묻혀버리고 싶진 않아요. 아버지에게도 꼭 들려드리고 싶다고요."

그때 갑자기 정희 앞으로 휙- 하고 회오리바람이 밀려오더니, 공원은 순식간에 어릴 적 경석과 갔던 낚시터로 바뀌어 있었다.

어디선가 어린 정희가 부르는 '안개' 노랫소리가 들려오고,

경석이 잉어를 낚아 올리고 있다.

이를 바라보던 현재의 정희가 울컥하여 목멘 목소리로 '아빠'를 부르며, 경석의 뒤로 다가간다.

"아, 아빠!"

경석은 이미 알고 있었다는 듯 뒤를 돌아보며 미소 짓는다.

"그래, 아빠도 우리 정희 노래 듣고 싶구나."

경석의 모습에 정희는 눈물을 왈칵 쏟으며 가슴에 담아두었던 말을 겨우 꺼낸다.

"아빠는 정말 나쁜 아빠야! 어쩜 한마디 예고도 없이, 한마디 인사도 없이, 그렇게 무정하게 떠나버릴 수가 있어요?"

경석은 말없이 정희를 꼭 안아준다. 어릴 때처럼. 정희는 경석의 품에 안겨 한없이 눈물을 흘린다.

"아빠! 사랑해요. 전에 아빠에게 이 말을 못 했어요. 흑흑…"

경석은 정희의 마음을 다 알고 있다는 듯 미소 짓는다.

바람이 다시 세게 불어온다.

정희는 눈물을 펑펑 흘리며 고개를 들어보니, 어느새 아버지는 사라지고 낚시터는 다시 공원으로 바뀌어 있었다. 정희는 한동안 멍하게 공원을 둘러보다가 눈물을 닦으며 현실을 감지한다.

다시 하늘을 올려다본다.

"아버지, 나 다시 도전해 볼게요. 아버지에게 내 노래 꼭 들려드릴 거예요!

별 속의 아버지가 웃고 있다.

2부

재회

11.

정희는 마음을 다잡고 다시 한번 오디션에 도전해 보기로
했다. 이번에는 청담동에 위치한 K 기획사였다.

K 기획사의 오디션 대기실에 참가자들이 긴장한 얼굴로 자
신의 차례를 기다리고 있다. 정희는 이번에도 자신을 유심히
바라보는 남의 시선이 나이 때문이라는 걸 체감한 듯 머쓱한
표정으로 고개를 숙이고 있다.

'이게 마지막이야!'

정희는 주먹을 꼭 쥐어 본다.

이윽고 스태프가 정희를 호명하자 정희 얼굴에 긴장감이 감
돈다. 오디션 스튜디오로 들어가 잠시 후 정희가 무대에 오르

자 심사위원들은 정희를 보더니 난색을 표하는 표정들이다. 정희도 나이를 의식하고 있던 터라, 멋쩍게 인사를 하고 곧 자신을 소개한다.

"안녕하세요? 이정희입니다. 제가 작곡한 '울 아버지'입니다."

심사위원들이 시큰둥한 어투로 정희에게 반주는 준비됐냐고 묻자 정희는 반주 테이프를 접수 시켰던 스태프에게 말한다.

"반주 부탁드립니다."

스태프가 정희에게서 미리 받았던 반주 테이프를 플레이play 시키려 앰프의 버튼을 작동시킨다.

음악이 나오려고 하더니, 갑자기 '삑'하는 이상한 기계 소음과 함께 테이프가 멈추고 반주가 나오지 않는다. 오디션 스튜디오에 어수선한 긴장감이 감돈다. 스태프가 당황하여 말한다.

"테이프 상태가 좋지 않은지 끊겼네요. 어떻게 할까요?"

심사위원 4명 중 선글라스를 쓴 남자가 난감해하며 서 있는 정희를 유심히 쳐다보더니 놓여있는 정희의 프로필을 다시 한 번 자세히 보고는 마이크를 든다.

"기타를 드릴까요?"

정희는 당황해하다가 그의 제안을 반가워한다.

"네! 감사합니다."

무대 아래서 검정 캡 모자를 눌러쓴 다른 스태프가 기타와 의자를 들고 왔다.

정희는 기타를 받아, 의자에 앉아 반주를 시작한다. 청아한 기타 소리와 함께 정희가 '울 아버지'를 부른다.

심사위원과 주변 사람들은 정희의 노래에 적잖게 놀라는 표정이다. 노래를 끝내고 정희는 인사를 한다. 심사위원들끼리 서로 이야기를 주고받는다. 어느 정도 이야기가 마무리되자 한 심사위원이 마이크를 들고 정희에게 말한다.

"네, 이정희 씨. 잘 들었습니다."

긴장한 듯 서 있는 정희를 다른 심사위원이 빤히 쳐다보더니 서류를 들고 묻는다.

"주부이신 것 같은데 어떻게…."

정희는 당황한다.

"네…. 이번 신청 자격에, 나이나 결혼 유무에 관한 사항이 없어서 신청했습니다."

이번엔 브라운 가죽점퍼를 입은 심사위원이 거든다.

"그렇긴 하죠. 그런데 혹시 이정희 씨는 노래를 위해서 가정을 포기하실 수도 있으신가요?"

정희는 순간 당황한 기색을 보이면서도 또렷한 목소리로 답한다.

"아뇨, 그런 생각은 안 해봤습니다.

"이정희 씨, 가수는 그렇게 만만한 게 아닙니다. 수고하셨어요."

그 심사위원은 스태프를 향해 지시한나.

"다음 순서."

심사위원의 냉정한 지적에 상처받은 정희는 무대에서 내려와 문 쪽으로 걸어간다. 이럴 때면 늘 쥐구멍이라도 있으면 들어가고 싶었다. 오디션 스튜디오를 나와 복도로 가려는데 한 스태프가 다가와 말을 건넨다.

"이정희 씨, 잠시 대기실에서 기다려주시겠어요? 오디션 일정이 끝나면 전무님 실로 안내해 드릴게요."

정희는 스태프의 말에 얼떨떨한 표정으로 대답한다.

"전무님이요? 무슨 일이실까요?"

"그건 잘 모르겠습니다."

"네, 알겠습니다."

한참 후, 기다리던 정희는 스태프에 의해 전무실 문 앞으로 안내돼있다. 전무실 문이 열리고 정희는 긴장과 설레는 표정으로 전무실로 들어섰다.

그런데 거기에… 정희는 자신의 눈을 의심한다.

12.

문을 열어 준 전무와 마주하고 서 있는 정희는 고개를 들고 소스라치게 놀란다.

전무가 정희에게 인사를 건넨다.

"이정희 씨, K 기획사 전무 김윤호입니다. 앉으시죠."

정희는 자신의 눈을 의심한다. 자신의 판단력도 의심한다.

'전무라는 저 사람! 윤호 오빠? 이게 꿈은 아닐까? 자신을 김윤호라고 했잖아. 그럼 윤호 오빠 맞네.'

정희는 순간 앞이 핑 돌며 어지러웠다. 쓰러질 것만 같았다.

'나 어떻게 해야 하지? 지금 어떻게 해야 해? 여기서 도망쳐 버릴까?'

정희는 숨이 멎을 듯한 자신의 몸을 가다듬으며 정신줄을 바로잡으려고 애를 쓴다.

윤호가 정희에게 접대용 소파를 가리키자 정희는 숨을 깊게 들이마시며 간신히 소파에 몸을 앉혔다. 정희는 아무 말 없이 고개를 떨구고 탁자를 내려다보고 있다.

두 사람 사이에 정적이 흐른다. 정희는 무슨 말을 꺼내야 할지 생각이 나질 않는다. 머릿속이 하얘진다. 그런 와중에도 오래전 기억에서 가물거리는 어떤 책 제목이 생각났다. 전혜린의 『그리고 아무 말도 하지 않았다』!

'그래, 그리고 아무 말도 하지 않겠어!'

그때 윤호가 나지막한 목소리로 조심히 말을 건넨다.

"정희야 오랜만이야. 그때 난…."

윤호는 말을 쉽게 이어가질 못한다.

"오빠, 다 지나간 일이에요."

정희는 윤호의 말을 자른다.

서서히 정희의 목이 메어온다. 그를 처음 만났던 때가 주마등처럼 스쳐온다.

13.

1977년이었다.

하교하는 고교생들이 학교 정문에서 우르르 빠져나온다. 교복을 입은 여고 1학년 정희와 단짝 친구 윤주도 교문을 나와 집 방향으로 걸어간다. 문학에 관심이 많았던 두 소녀, 정희와 윤주는 책에 대해 서로 얘기를 나누며 단짝이 되었다.

정희는 어릴 적 소규모의 출판업을 하는 아빠가 가져다줬던 그림 동화책들을 즐겨 읽었다. 『플란다스의 개』, 『소공녀』, 『빨간 머리 앤』, 『키다리 아저씨』 등을 읽으면서 문학을 좋아하게 되었다.

그리고 중고등학교에 올라오면서 자연스럽게 명작 소설들도 접했다. 앙드레 지드의 『좁은 문』, 헤르만 헤세의 『데미안』, 라마르크의 『개선문』, 메이 올콧의 『작은 아씨들』, 프랑수아즈 사강의 『슬픔이여 안녕』 등에 이르게까지.

둘은 걸어가면서 요즘의 또 다른 책들을 화제에 올린다. 반애들이 슬쩍 돌려보는, 제목이 인상적인 대중 소설, 박계형의 『머무르고 싶었던 순간들』의 애절한 사랑, 전혜린의 『그리고 아무 말도 하지 않았다』의 뮌헨의 유학시절과 그녀의 아쉬웠던 짧은 인생. 그리고 독일 작가 루이제 린저의 『생의 한가운데』의 난해함에 이르기까지 둘의 수다는 즐겁기만 하다.

"정희야, 오늘 우리 집에 가서 숙제같이 하자."
윤주가 정희의 손을 끌며 운을 뗀다.

"이번 소풍 장기자랑 때 네가 불렀던 진추하 그 노래, 우리 오빠도 들었대. 네 목소리에 딱이라고."

"어머 진짜?"

정희는 얼굴을 붉히며 수줍게 미소 짓는다.

길거리엔 하이틴 영화 임예진과 이덕화의 '이다음에 우리는'과 그 옆에 외화 '초원의 빛' 홍보 포스터들이 벽면에 빼곡히 붙어 있었다.

어느덧 윤주의 집에 다다랐다.

윤주네 집의 넓은 거실엔 고풍스러워 보이는 소파와 화려한 장식장이 놓여있었다. 정희와 윤주가 윤주의 방에서 숙제를 한다. 숙제가 끝나자 윤주가 방에서 나와 간식을 가지러 부엌으로 가고 정희는 노트를 덮으며 가방을 정리한다.

그때, 어디선가 피아노 소리가 들리기 시작한다. 정희는 청아한 피아노 선율에 끌리며 열린 방문 너머를 쳐다본다.

'쇼팽의 녹턴 같은데…'

정희는 가방을 내려놓고 자리에서 일어나 피아노 소리를 따라간다. 거실을 지나 끝방 쪽이다.

MUSIC

쇼팽의 녹턴,
봄의 왈츠

조금 열려있는 방문 사이로 누군가가 피아노를 치고 있는 모습이 보인다.

'아, 저 사람이 윤주 오빠가 아닐까?'

피아노 솜씨가 수준급이다. 정희가 훔쳐보듯 그의 옆모습을 본다. 윤호가 피아노 악보를 넘기려다 정희와 눈이 마주친다. 윤호가 피아노를 멈추고 일어나 정희에게로 다가온다.

"어? 너 정희구나!"

그렇게 말하는 그의 모습은 윤주를 연상케 하는 갸름한 얼굴에 귀티가 나 보였다. 정희보다 두 뼘쯤 큰 키, 준수한 외모. 예술적 기질이 느껴지는 그의 깊은 눈빛은 쇼팽의 선율처럼 정희를 사로잡았다. 그가 정희 자신을 음악 속으로 끌어들일 것만 같은 운명적 예감이 엄습해왔다. 정희는 순간 숨이 멎는 것 같았다. 하지만 빨리 정신을 가다듬고 무슨 말이라도 건네야 했다. 정희는 그제야 수줍은 듯 얼굴을 붉히며 인사를 한다.

"안녕하세요. 윤주 오빠… 맞으시죠?"

윤호는 고개를 끄덕이며 반가운 눈빛으로 정희를 바라보더니 조심스럽게 말을 꺼낸다.

"네가 불렀던 진추하 노래, 나도 좋아해. 다시 한번 들려줄 수 있겠니?"

정희가 수줍어 머뭇거리고 서 있자, 윤호는 정희의 답을 기다리지 않고 피아노로 가 앉는다. 윤호는 '원 서머 나이트One Summer Night' 반주를 시작한다. 그리고 정희에게 눈짓으로 자기 옆으로 오라고 한다. 정희도 얼떨결에 윤호 옆으로 다가간다. 윤호가 먼저 노래를 흥얼거린다. 정희도 곧바로 노래를 같이 부르기 시작한다. 정희와 윤호는 즐겁고, 정답게 노래를 주고받는다. 둘은 노래의 감정에 빠져든다.

　그때 뒤에서.

　"흐흠!"

　누군가의 헛기침 소리가 났다. 윤호 엄마가 외출에서 돌아와 좀 전부터 뒤에서 탐탁지 않은 표정으로 정희와 윤호를 바라보고 있었다.

　뒤를 돌아본 정희가 화들짝 놀라며 일어나 인사를 한다.

　"아, 윤주 어머니 안녕하세요?"

　윤호의 엄마는 이 상황이 못마땅한 듯 정희를 힐끗 쳐다본다. 정희는 왠지 어색한 느낌을 감지했다. 정희는 얼떨결에 서둘러 인사를 한다.

　"그럼 이만 가보겠습니다."

　그리고 도망치듯 방을 빠져나온다.

그때 부엌에서 과일을 가져오던 윤주와 마주치자 윤주가 정희를 불러 세운다.

"정희야, 정희야, 이거 먹고 가"

그러나 정희는 윤주의 말이 귀에 들어오지 않는지 벗어났던 하얀 운동화를 급히 신고 윤주네 정원을 가로지른다. 윤주네 집 정원엔 장미 화원처럼 빨간 장미꽃들이 속절없이 화사하게 피어있었다. 정희는 순식간에 윤주네 집을 빠져나갔다.

집으로 걸어오는 내내 기분이 이상하고, 가슴이 두근거렸다.

'그는 나를 어떻게 봤을까? 내가 어떻게 처음 보는 오빠 앞에서 그렇게 노래를 했지? 노래는 제대로 한 거야? 윤주 엄마가 혹시 날 못마땅해하신 건 아닐까?'

뺨이 후끈거렸다. 이 모든 게 얄밉게 핀 빨간 장미꽃들 때문이라고 더워진 뺨을 손등으로 눌러가며 집으로 발길을 재촉했다.

14

무슨 정신으로 집에 왔는지 모르겠다. 집에 들어가자, 마루에서 벼르고 있던 엄마에게서 서늘한 기운이 뿜어져 나왔다.

"앉아 봐라."

"네."

금자의 손에는 정희의 성적표가 들려있다.

"이래서 어떻게 의대를 가?"

정희는 풀이 죽고 언짢아졌다. 의대는 적성에도, 성적에도 맞지 않았다. 정말 자신과 무관하다는 생각이 강하게 들었다.

금자가 정희에게 의대를 고집하는 유별난 이유는 이랬다. 정희 외할머니는 딸만 둘 낳았는데, 큰딸이자 정희 엄마인 손금자와 둘째 딸인 정희 이모 손은자였다. 외할아버지는 운수 사업으로 상당한 재산을 모았지만 건강이 안 좋아졌다. 간암이었다. 할머니는 미나리즙과 재첩국을 늘 할아버지 상에 놓았지만 할아버지는 결국 아쉬운 40대 중반 나이에 간암으로 세상을 떴다. 할머니는 가족이나 친척 중에 의사가 있었다면 할아버지가 그렇게 쉽게 돌아가시진 않았을 거라고 한탄을 하며 늘 의사 타령을 했다. 외할머니는 금자와 은자 중 누구라도 의사가 되기를 원했다. 그러나 금자는 그런 할머니 기대에 부흥하질 못했다. 그 대신 금자의 동생, 은자가 여의사가 되었다. 하얀 가운에 청진기를 늘 목에 두른 은자는 정희 외갓집 동네에서 의원을 개원했는데 병원은 환자로 항상 붐볐다. 그 당시는 여의사가 드물어 외할머니는 은자가 부와 명예를 다 가진 귀한 여의사, 자랑스러운 딸이라고 애지중지하였다. 정희는 할머니 말이 맞는 것 같긴 했지만, 늘 바쁘고 힘들어하는 이모의 모습이 그다지 편안하고 친근하게 느껴지지 않았다.

은자는 뒤늦게 대학교수와 결혼해 남매를 낳았고 그 아이들은 할머니가 다 키워주었다. 이모의 큰 딸인 수희가 이제 초등학교 5학년인데, 벌써부터 벼르고 계신 할머니의 마음을 외가에 갔을 때 들은 적이 있다.

"수희야, 너도 네 엄마의 뒤를 이어야 한다."

이 말은 할머니가 간접적으로 정희에게도 넌지시 하는 말인 것 같아 매우 듣기가 불편했다. 옆에 있던 금자도 못 들은 척하지만 표정에 심상찮은 기류가 엿보여 정희는 그것도 거북했다.

할머니가 정희를 귀여워해 주고 용돈도 듬뿍 챙겨 주었지만 정희는 외가에 가는 게 내키지 않았다.

"엄마 난 의대 못 가. 아니 안 가." 정희는 그렇게 말하고 자신의 방으로 들어가 버린다. 금자는 정희 방문에 대고 목청을 높인다.

"네가 의사가 돼서 이 엄마가 눌린 기 좀 펴고 살게 해주면 어디가 덧나니?"

15.

해가 바뀌고 봄이 된 신학기 3월, 정희는 이제 고2가 되었다.

개나리꽃이 피기 시작하는 고등학교 교문에서 하교하는 학생들이 주르르 쏟아져 나온다. 정희도 총총거리는 걸음으로 교문을 나선다. 그때, 개나리꽃 담벼락에 기대어 서 있던 대학생으로 보이는 한 남학생이 정희에게 다가온다. 정희는 그를 보자 뜻밖이라 놀란다.

"어머, 윤호 오빠. 여기는 웬일이세요?"

"으응. 너 보러 왔어."

정희는 의외였지만 곧 반갑고 설레는 표정으로 윤호를 바라본다.

"참! 오빠. 음대 합격했다면서요? 축하드려요."

"그래, 고마워."

윤호가 정희에게 쇼팽의 녹턴 모음집 LP 판을 건넨다. 정희가 수줍어하며, 윤호가 건넨 LP 판을 받는다. 윤호가 머뭇거리다 말을 꺼낸다.

"저기, 너 대학 가면…. 그때 우리 만나도 될까?"

그렇게 말해놓고 윤호가 쑥스러운 듯 눈을 어디 다 둬야 할지 몰라 한다.

그런 윤호의 모습을 보는 정희는 윤호가 귀엽다는 생각이 들어 살며시 미소를 지었다.

"네."

둘은 마주 보며 수줍게 웃었다. 윤호는 이내 뒤돌아서서 성큼 걸어간다. 정희는 걸어가는 윤호의 뒷모습을 아련히 바라본다.

정희의 귓가에 윤호가 연주하던 쇼팽의 녹턴이 들려온다. 일명 '봄의 왈츠'였다.

16.

1980년.

정희와 윤주는 서로 약속한 데로 같은 대학인 S 대학에 입학하였다.

정희는 신문방송학과에, 윤주는 국문과에.

윤호의 대학인 Y 대학의 창연한 건물이 보인다. 교정 스피커에선 양희은의 '이루어질 수 없는 사랑'이 흘러나온다. 윤호가 학교 우편물 집기통 앞에서 정희가 보내준 S대 학보를 펼쳐보고 있다.

〈S대 방송요원 합격자 발표〉

아나운서 2명 : 신문방송학과 1학년 이정희,

영문학과 1학년 송기현

윤호는 정희의 이름을 보고 자신이 아나운서가 된 것처럼 대견해하며 입가에 미소를 띤다. 그리고 다시 한 기사에 시선이 머문다.

〈S대 축제. 3회 팝송경연대회에 재학생 여러분의 많은 응모 기다립니다〉

윤호의 눈빛이 반짝인다.

17.

정희가 S대 방송반이 있는 건물에서 빠르게 걸어 나오고 있다. 그 건물에 '제3회 팝송경연대회' 플래카드가 붙여져 있다. 정희가 그 플래카드를 보며 발길을 멈추고 잠시 눈길을 주다가, 손목시계를 보고는 급히 후문 쪽으로 발길을 재촉한다.

그때, 윤주가 친구들과 걸어가다가 정희가 빠른 걸음으로 가는 모습을 본다.

윤주는 반가워 정희를 부르러 손을 올리려다 정희가 급히 가는 걸 보고 정희의 뒷모습을 한동안 바라본다. 정희는 후문 쪽으로 뛰어가듯 가고 있었다.

윤주는 이내 친구들과 헤어져 정희를 뒤따라 발길을 재촉한다. 정희는 앞만 보고 뛰어가느라 윤주가 뒤따라오는지 알지 못한다. 정희의 시야에 후문 안쪽에 오토바이를 세워두고 서 있는 윤호가 들어왔다. 정희가 후문으로 다가서자 윤호가 미소 지으며 손을 들어 정희를 부른다.

"정희야!"

뒤따라오던 윤주는 자신의 오빠인 윤호가 거기에 있는 걸 보고 놀라며 발길을 멈춘다. 곧 후문 창살 사이로 몸을 숨기며 몰래 그들을 지켜본다.

윤호가 정희에게 들고 있던 헬멧을 씌워주고, 뒷자리에 올라타도록 손을 잡아 도와준다. 그리고 자신도 곧 오토바이에 올라탄다.

"내 허리, 꽉 붙들어야 해. 안전벨트니까. 하하."

정희가 수줍어하며 조심스럽게 윤호의 허리를 붙잡았다. 곧 '부릉'하고 시동 소리가 들린다.

정희를 태운 윤호의 오토바이가 어디론가 향한다. 후문 창살 사이에서 빠져나온 윤주는 후문 밖으로 나와 그들을 태운 오토바이가 시야에서 사라질 때까지 바라본다.

그때 윤주의 귓가에 엄마가 오빠에게 했던 말이 귓가에 쟁쟁하다.

'윤호 너, 정희 노래 반주나 하라고 피아노 공부시킨 거 아니다!'

윤호의 오토바이가 사라지는 뒷모습을 걱정스러운 눈으로 바라보는 윤주는 한숨을 내쉬며 돌아선다.

윤호의 오토바이가 북악 스카이웨이 근처 한적한 숲길을 달린다.

윤호와 정희는 영화 '서머 타임 킬러Summer Time Killer'에서의 주인공인 로버트 미참과 올리비아 하세처럼 보인다. 윤호의 허리를 꼭 붙든 정희의 긴 머릿결이 휘날린다. 두 사람은 시원한 바람에 몸과 마음을 맡기며 달린다. '서머 타임 킬러Summer Time Killer'의 OST, '런 앤드 런Run and Run'이 바람을 타고 두 사람의 귀에도 들려오는 것 같다.

이윽고 오토바이가 정희네 동네 놀이터에 다다르자 멈춰 선다.

윤호는 오토바이를 세우고 둘은 벤치에 앉았다. 벤치 옆에는 붉은 장미 송이들이 탐스럽게 피어있다.

윤호가 뭔가 생각난 듯 일어나 정희에게 다정하게 운을 뗀다.

"정희야, 너희 학교에서 팝송경연대회가 열린다던데 너 '원 서머 나이트One Summer Night'로 나가보면 어때?"

정희는 윤호를 바라보며 조심스럽게 묻는다.

"응, 나도 보긴 했어. 근데 내가 잘할 수 있을까?"

"물론이지. 넌 잘 할 수 있어. 내가 반주해 줄게."

정희의 얼굴이 밝아진다.

"그럼, 오빠가 많이 도와줘."

정희가 가방에서 준비해온 체리 봉지를 꺼내 손수건이 깔고 무릎 위에 올려놓는다. 체리를 하나 집어 윤호의 입에 물려준다. 윤호는 냉큼 받아먹는다.

"맛있다. 새콤한 게 꼭 너 같다. 하하"

"뭐라고? 아이 뭐야!"

둘은 마주 보며 행복하게 웃는다.

빨간 장미꽃의 은은한 향기가 바람에 날려온다.

18.

S대 방송반 건물에 현수막이 걸려있다.

'제3회 팝송 경연 대회'

그 맞은편 음대 건물, 피아노 연습실에서 정희와 윤호가 피아노 앞에 나란히 앉아 노래 연습을 하고 있다. 윤호가 사랑스러운 눈빛으로 정희를 바라보며 피아노 반주를 하고 정희는 그 리듬에 맞춰 즐겁게 노래를 부른다.

연습실 작은 창문으로 같은 과 친구 수연이 슬쩍 엿보다 미소를 지으며 돌아간다.

5월 3일. 드디어 경연 대회가 열리는 날이 되었다. 대학 강당 건물에 '제3회 팝송 경연 대회' 포스터가 붙어 있다.

남녀 학생 커플들이 쌍쌍이 강당 안으로 들어간다. 강당 안엔 관객들로 꽉 차 인산인해다. 경연 대회가 시작되고 관중들이 무대를 향하고 있다. 비틀스의 '예스터데이Yesterday', 도니 오스몬드의 '빈Bean', 존 덴버의 '투데이Today', 낸시 시나트라와 리 헤이즐 우드의 '서머 와인Summer wine' 등을 부른 몇 명의 참가들이 지나갔다.

이번엔 참가 번호 7번, 정희의 차례다.

무대엔 윤호가 피아노 앞 마이크 앞에 앉았고 그 옆에 윤호가 반주를 위해 데려온 후배 2명이서 있다. 바이올린 하는 여자 후배 와 기타를 멘 남자 후배다. 정희는 무대 중앙에서 마이크를 들고 서있다. 윤호는 자신이 편곡한 반주 악보를 피아노 앞에 놓았다. 'One Summer Night' 원곡을 조금 더 클래식컬classical하게 편곡한 것이다. 심호흡을 한 윤호가 눈짓을 보내며 피아노 반주를 시작하자 후배들도 같이 반주를 시작한다. 정희가 반주에 맞춰 노래를 부른다.

One summer night the stars were shining bright~

One summer dreams made with fancy whims~

이렇게 시작한 정희의 노래. 2절부터는 윤호가 피아노 반주를 하며 백코러스로 은은하게 같이 노래를 불러주며 정희의 노래를 받혀준다. 그렇게 서로에게 깊이 몰입하며 노래에 젖어 든다.

관중들도 숨을 죽이며 노래에 빠져든다.

마침내 끝 소절.

each time I'd think of you my heart would beat for you

you are the one for me~

라라의 노래

마지막 구절 마무리의 정희 목소리가 애틋한 사랑의 감정에 물씬 젖어들며 노래는 끝이 난다.

이렇게 노래가 끝나고 윤호의 반주도 마무리되었다. 정희와 윤호의 얼굴엔 환희의 눈물과 땀이 맺혀있다. 강당 안엔 숨이 멈춘 듯 정적이 흐른다. 잠시 후 정적을 깨고, 대학생들이 휘~ 하고 휘파람을 불어대고 환호를 보내며 박수를 친다.

"와~ 진추하 노래와 또 다른 감성이 느껴진다."

어떤 다른 팀들에게 보냈던 환호보다도 정희와 윤호를 향해 뜨거운 박수를 보낸다.

그다음 참가자가 기타를 들고 무대 중앙으로 나온다. 이후에도 몇 팀의 참가자들이 지나가고 진행은 끝이 났다.

드디어 사회자가 나와 수상자들을 호명하기 시작한다. 호명할 때마다 환호와 함께 참가자들이 무대 위로 뛰어나온다. 사회자 뒤에는 이미 호명을 받은 참가자들이 서 있다.

아직까지 호명되지 않은 정희와 윤호는 초조함과 기대가 엇갈린 긴장감으로 서로 손을 꼭 쥐고 있다. 참가자들의 실력들이 쟁쟁해 자신들의 수상을 가늠하기가 정말 어려웠다. 사회자가 다시 마이크를 들고 멘트를 한다.

"마지막으로 최우수상을 발표하겠습니다. 최우수상 발표는 심사위원으로 초대되어 오신 M 방송국 박원웅 DJ께서 해주시 겠습니다."

박원웅 DJ가 무대로 나오고 있다. 그 당시 M 라디오 방송국 의 '9시, 박원웅과 함께'를 진행하던 인기 DJ였다.

정희와 윤호는 물론, 관객석의 수연, 윤주, 효숙 그리고 관중 들도 긴장한다. 박 DJ는 숨을 한 번 들이쉬면서 뜸을 들이듯 천천히 호명한다.

"최우수상을 발표하겠습니다. 제3회 S대 팝송경연대회 최우 수상!"

곧 팡파르가 두두루루— 하고 울려댄다. 그리고 다시 발표 가 이어진다.

"'원 서머 나이트One Summer Night'를 부른 신문방송학과 1학 년 이정희!"

정희는 기쁨으로 가슴이 벅찼다.

'와우 최우수상!'

옆에 선 윤호도 정희 손을 꼬옥 쥐며 기뻐했다.

곧이어 사회자도 흥분된 목소리로 진행을 이어간다.

"축하합니다! 신문방송학과 이정희 양. 그리고 Y 대학에서 원정 나오신 반주자 김윤호 씨도 함께 무대로 나와 주세요."

정희가 단상 위에 올라 트로피와 상장을 받는다. 그 뒤에 윤호가 서 있다.

정희는 상을 받고 돌아서 윤호를 소개하자 윤호가 같이 온 세션 후배들에게 감사하다는 짧은 멘트를 하고 정희와 함께 관중들에게 인사한다. 세션 후배들도 웃으며 인사한다. 수연과 윤주가 꽃다발을 각각 두 사람에게 안겨준다. 손뼉을 치며 휘리릭 휘파람을 부는 대학생 관중들의 열기가 뜨겁다. 정희와 윤호는 서로 바라보며 기쁨의 눈빛을 나눈다.

"나만 상장과 트로피를 받았네. 오빠는 어떻게 해?"

정희가 미안한 눈빛을 보낸다.

"네가 받은 게 내가 받은 거야. 난 반주와 코러스만 넣었을 뿐인데 뭘."

윤호는 정희를 사랑스럽게 바라본다.

이 모습을 놓칠세라, 수연이 메고 있던 소형 카메라로 재빠르게 카메라 셔터를 눌러댄다.

찰칵! 찰칵!

수연의 카메라 셔터 소리가 사람들의 환호성 속에 묻혔지만, 무대 위 정희에게는 또렷하게 들렸다. 정희는 직감했다. 이 순간이 자신의 인생에서 평생 잊지 못할 꿈같은 순간이라는걸.

　늦은 오후, S 대학에서는 축제의 마지막 날을 장식하는 이벤트들이 열리고 있었다. 그런데 교문 밖에는 무장을 한 경찰들이 경찰 버스를 세워두고 진을 치고 있는 모습이 대조적이었다. 그러나 그런 모습은 늘 있어 와서 학교 측에서는 예정대로 이벤트들을 진행해 나갔다.

　S대 캠퍼스 잔디밭에선 축제 이벤트로 커플들과 함께하는 댄스파티가 열리고 있다. 윤호와 정희도 비 지스Bee Gees의 '스테잉 얼라이브Stayin Alive'에 맞춰 춤을 추고 있다.

　수연도 윤주도 자신의 커플과 함께 춤을 추다 정희와 눈이 마주치자 손을 흔든다. 정희도 손을 살짝 흔들며 수줍게 웃는다. 사회자의 지도에 따라 커플들이 돌아가며 파트너가 계속 바뀐다. 정희와 윤호가 다시 만나는 시점에서 음악이 끝나고 모두 손뼉 치며 댄스파티가 끝났다. 모두 흥분되고 즐거운 표정이다. 사회자가 중앙 무대에서 마이크를 잡는다.

　"그럼 이제 여자 파트너에게 예의를 갖춰 입맞춤으로 다가갈 수 있는 '입맞춤 노크'를 가르쳐 드리겠습니다. 여자 파트너의 눈가에 뭐가 묻었다고 하며 눈을 감아보라고 말하세요.

그리고 그걸 떼어주려고 아주 가까이, 숨결이 느껴질 정도로 더 가까이 다가가는 겁니다. 그래도 파트너가 가만히 있으면 그땐 즉시 '뽀뽀뽀~'로 가는 겁니다. 아셨죠?"

사회자는 짓궂게 뽀뽀뽀에 코맹맹 음을 길게 넣었다.

관중들이 웃음을 터트리며 즐거워한다. 산울림의 '내 마음에 주단을 깔고'가 흘러나온다. 음악이 점차 커진다. 관중들은 어색하게 상대 파트너를 보고 수줍게 웃는다. 윤호도 정희의 긴 머리칼을 쓸어 넘겨주며 가까이 다가가다가 어색해하며 그만 웃고만다. 그리고는 정희의 손을 잡고 그 자리를 조용히 빠져나간다. 먼발치에서 윤주는 어디론가 향해 가는 윤호와 정희를 물끄러미 바라보다, 자신의 파트너가 말을 걸자 다시 파트너에 집중한다.

윤호는 정희의 손을 잡고 캠퍼스 뒤 한적한 오솔길로 들어섰다.

손을 꼭 잡고 말없이 오솔길로 들어선 정희와 윤호. 벤치가 눈에 들어오자, 윤호가 정희를 벤치로 이끈다. 벤치에 나란히 앉은 두 사람은 서로를 마주 본다.

윤호가 장난스럽게 정희를 빤히 바라본다.

"어, 눈에 뭐 묻었다. 내가 떼어줄게."

"에이, 오빠."

정희는 수줍어하며 자리에서 일어나려고 한다. 윤호는 일어서려는 정희를 꼭 끌어안으며 진지한 표정으로 말한다.

"정희야, 사랑해!"

정희는 윤호의 말에 멈칫한다. 가슴이 뛰기 시작한다. 어떻게 해야 할 줄 모르는 타임인 것 같다. 그런 정희를 윤호는 두 팔로 꼭 감싸며, 정희의 입술에 자신의 입술을 살며시 포갠다. 둘은 어설프지만 달콤하게 느껴지는 첫 키스를 하고 말았다. 부드럽고 싱그러운 느낌이 입술에 남아있다. 정희는 수줍어서 눈을 아래로 떨어 뜨렸고 윤호는 정희를 보고 어색하게 웃었다. 잠시후 윤호는 생각난 듯 자신의 가방에서 준비해온 하트가 그려진 카드 하나를 꺼내 정희 가방에 넣어준다.

"내 마음을 담은 카드야. 집에 가서 봐."

"으응… 무슨?"

"그냥 집에 가서 봐."

그때 교문 앞에서 전두환 정권에 반대하는 학생들의 데모가 시작되고 그들의 함성과 웅성거림이 들려왔다. 곧 최루탄 냄새가 독하게 풍겨져왔다.

"콜록, 콜록, 콜록."

연달아 정희가 기침을 해댄다. 윤호는 정희의 손을 잡고 서둘러 그곳을 빠져나간다. 윤호를 따라 황급히 달려가던 정희는 구두 굽이 빠져 절뚝거린다. 윤호는 얼른 정희를 업고 정문을 향해 달려간다. 그리고 재빠르게 오토바이에 정희를 태우고 그 자리를 급히 빠져나간다.

집에 돌아온 정희는 책상에 앉아 가방에서 윤호의 카드를 살며시 꺼내어 펼친다.

나, 김윤호는
에토스(Ethos)를 가지고 피아노를 칠거고,
로고스(Logos)를 가지고 사색하며,
패토스(Pathos)를 가지고 정희를 사랑할거야. 영원히….

– 오롯한 내사랑(Only You), 이정희에게

정희는 눈물을 글썽이며 카드를 가슴에 꼭 끌어 안는다.
"자기가 무슨 아리스토텔레스라고? 후훗."
행복한 미소가 번진다.

플래터스The Platters의 노래 'Only You'가 들려오는 것 같다.

둘은 이렇게 애틋하게 사랑의 추억을 쌓아가고 있었다.

20.

정희 집 근처 공원을 정희와 윤호가 걷고 있다. 찬바람 탓인지 장미꽃이 조금 시들어 보인다. 정희를 차마 보지 못하는 윤호의 얼굴이 평소와 달리 어둡다. 윤호가 무슨 결심이라도 한 듯 갑자기 걸음을 멈춘다. 정희도 멈춘다. 윤호가 의자에 앉자 정희도 곁에 앉는다.

"오빠 오늘 안색이 안 좋아 보여."

두 사람 사이로 찬바람이 휙- 지나가는 것 같다.

"정희야, 우리 아버지가 요즘 거취 문제로 많이 힘들어 하셔."

"왜? 무슨 일 있어?"

정희가 걱정스럽게 묻는다.

"현 정권을 비판하는 기사를 쓰셨는데, 상황이 좋지 않아."

"많이 힘드시겠네."

"그래서 외삼촌이 계시는 미국 동부로 이민을 가기로 결정하셨어."

정희는 놀란 얼굴로 윤호를 바라본다, 그러다 차츰 슬픈 미소로 바뀐다. 그러나 마음과는 달리 애써 태연하게 말한다.

"잘됐네. 오빠 원래 줄리어드 가고 싶어 했잖아."

아무렇지도 않은 척하던 정희의 눈에서 이내 눈물 한 방울이 뚝! 떨어진다.

"울지 마, 정희야. 자주 연락하고 너 데리러 올게. 오토바이 태워주러 꼭 다시 나올 거야. 그때까지 기다려 줄 수 있지?"

정희가 멍하게 있자 윤호가 께끼 손가락을 내민다.

"약속!"

정희도 그제야 눈물을 닦으며 그 손가락에 자신의 손가락을 건다.

잠시 후 윤호는 가방에서 자신이 쓰던 만년필을 꺼내 정희 손에 쥐어 준다. 파카 만년필이었다.

"이걸로 음악 공부도 하고 좋은 곡도 만들어 봐."

정희는 한참을 바라만 보던 만년필을 이내 손에 꼭 쥐어본다. 잠시 생각에 잠기더니 자신의 목에 걸고 있던 목걸이를 푼다.

"나는 오빠에게 이거 줄게!"

정희가 윤호에게 내민 목걸이엔 하트 펜던트가 달려있다. 정희가 펜던트를 열어 보이자, 그 안엔 윤호와 정희가 팝송경연대회 때 같이 찍힌 사진이 들어있다. 정희가 수연에게 받은 사진을 오려 넣어 두었던 것이다.

윤호는 펜던트 안 사진을 그윽하게 바라본다.

"그래. 내가 잘 간직하고 있을게."

윤호가 목걸이를 받아 손에 꼭 쥔다. 정희는 그제야 표정이 밝아진다.

얼마후 윤호네 가족은 미국으로 가는 비행기에 몸을 실었다.

21.

정희는 벌써 3학년이 되었다. 그렇게 2년이 훌쩍 지나갔다.

정희는 S 대학 강당 일 층 입구에 있는 우편물 집기실에 거의 매일 들락거리는 게 정희의 일상이 되었다.

얼마 전부터 강당 건물에는 올해도 축제가 있는 5월의 행사로 '송골매와 함께하는 밤' 플래카드가 걸려있었다. 그날도 입구에 들어서니 강당 밖으로까지 송골매 팀의 실황이 연주되는 '세상만사'가 들려오고 있다. 후배 학생들이 송골매를 보러 후다닥 강당을 향해 달려가며 서로 이야기를 나눈다.

"넌 배철수 어디가 좋아?"

"터프한 목소리."

"넌 구창모의 어디가 좋아?"

"미성에 미남이잖아. 하하하."

정희는 후배들을 보며 자신도 한때는 저랬겠지 생각한다. 정희는 엷은 미소를 지으며 우편물 집기실로 향한다.

정희는 집기실에서 우편물들을 살펴보지만, 오늘도 자신에게 온 우편물은 보이지 않는다.

송골매 음악으로 들썩거리는 강당 주변, 하지만 노래 제목처럼 세상만사가 정희에겐 눈에 들어오지 않는다. 정희는 실망한 얼굴로 강당을 나와 계단을 힘없이 걸어 내려간다. 불안한 감정이 엄습해오며 오만가지 생각이 뒤엉켰다.

'오빠 나를 잊었나? 거기에서 좋은 사람이 생겼나? 아냐 오빠 그럴 사람 아니야! 오빠는 절대로!'

정희는 이런저런 생각이 들고 윤호가 그리울 때마다 보낼 수 없는 편지라도 쓰는 게 그나마 윤호와 마주하는 거라고 생각했다. 이럴 땐 방송반 자신의 책상에서 윤호에게 편지를 쓰곤 했다. 편지 첫머리에 '보고 싶은 윤호 오빠'라고 쓰기 시작한다. 잠시 후 정희가 다 쓴 편지를 접어 서랍을 연다. 거기엔 부치지 못한 편지들이 수북이 쌓여 있다. 이제 또 한 통의 편지를 넣는다. 그리고 자신이 준비한 방송 원고를 들고 5시에 진행할 '하굣길 캠퍼스' 생방송을 하러 스튜디오로 향한다.

S대 방송국 스튜디오 안에 On Air 불이 들어오고 PD 남자 선배, 창규가 큐(Q) 사인을 한다. 정희가 마이크 앞에서 방송을 시작한다.

"여러 장르의 음악으로 여러분의 하교길을 함께하는 DJ 이정희입니다. 오늘도 아름다운 음악으로 마무리하는 하루가 되길 바랍니다. 음악 속에선 서로 멀리 떨어져 있는, 사랑하는 사람과도 만날 수 있을 것만 같네요. 들려드릴 곡은 진추하의 '원 서머 나이트'One Summer Night 입니다."

창규가 턴테이블에 놓인 LP판에 바늘을 얹자 '원 서머 나이트’가 흐른다.

정희는 윤호와 다정하게 노래를 불렀던 때를 떠올린다. 이내 눈에서 눈물이 뚝 떨어진다. 정희는 눈물을 감추려고 얼른 손으로 얼굴을 감쌌다.

방송을 끝내고 자신의 책상에서 서랍을 정리하는 정희에게 창규가 다가왔다.

“정희야 오늘 너 바래다주고 싶은데 같이 갈래?”

정희는 뜻밖의 창규의 말에 당황한다.

“선배 집이 저희 집과 같은 방향이었던가요?”

“아니, 그건 아니고 그냥 너 바래다주고 싶어서.”

“아니 괜찮아요. 저 혼자 갈래요.”

정희는 간단한 목례를 하고 먼저 방송실을 총총 빠져나간다.

또 한해가 지나가고 정희는 이제 4학년이 되었다. 친구들은 취업 준비로 도서관과 정보실을 분주히 들락거린다. S대 캠퍼스에는 영화 ‘졸업’의 OST ‘사운드 오브 사일런스Sound of Silence’가 흘러나오고 있다.

정희는 오늘도 편지 집기실 앞에 서 있다. 그때 미국에서 온 국제 편지 봉투 한 통이 보였다. 정희는 떨리는 가슴을 진정시키며 겨우 편지를 집는다. 윤주에게서 온 편지다. 정희는 집기실 한구석의 창가로 가 편지를 조심스럽게 연다. 살가운 안부 인사로 시작하는 편지를 읽던 정희의 표정이 순간 하얗게 변한다.

정희야, 정말 오랜만이지?

그동안 잘 지내고 있는지… 여기서도 네 생각은 늘 하고 있었지.

우리나라와 너, 모두가 그립기만 해.

시간이 참 빠르게 지나가는구나. 우리도 이곳에 정착하고 적응하느라 모두들 힘들고 여유가 없었어. 나도 오빠도.

(중략)

오빠도 네 생각 많이 하는 것 같아. 하지만 엄마와의 갈등으로 많이 고민하고 있어. 여기 대학에 적응하느라 오빠는 이번 방학에도 못 나갈 것 같더라. 지켜보는 내가 안타까워 대신 너에게 편지를 보낸다.

나도 마음 아프지만, 정희야, 우리 오빠, 그만 잊어줘.

너라면 더 좋은 남자 만날 수 있을거야.

윤주가.

'윤호 오빠를…. 잊으라고?'

심장이 덜컥 내려앉았다. 이 현실이 믿기지 않았다..

'이렇게 편지 한 통으로….'

입술이 파르르 떨렸다.

정희는 멍하게 서 있다가 도저히 믿기지 않아 다시 한번 편지를 본다. 역시 편지는 현실이었다.

'어떻게 하지?'

정희가 이내 편지를 가방에 집어넣고 집기실을 쏜살같이 뛰쳐나간다.

마음이 한없이 뒤엉켜 혼란스러웠다. 자신도 모르게 눈물이 고인다.

'울지 말아야지!'

눈에 힘을 주었다. 그러나 이미 가슴 속은 감정이 쓰나미처럼 밀려와 자신을 통제할 수 가 없었다. 순식간에 눈물이 뺨을 타고 흘러 내리고 있었다.

때마침 수연과 효숙이 언론사의 취업준비로 도서관의 정보실에서 자료를 찾고서 다음 수업을 들으러 강당 아래를 지나가고 있었다. 그때 수연은 정희가 울며 정신없이 계단을 내려오는 모습을 보고 놀라 정희에게 뛰어간다. 효숙은 말없이 지켜보고 서있다. 수연이 가까이 가 정희에게 묻는다.

"정희야, 무슨 일이야?"

"아 아냐 아무 것도…."

"아무 것도 아니라고? 너 오늘도 편지함에 들렀다 내려오는 거 맞잖아. 틀림없이 윤호 오빠에게서 안 좋은 편지 받은 거 맞지? 편지 이리 줘봐."

수연이 손을 내민다.

정희는 떨리는 손으로 수연에게 편지를 내민다. 수연이 편지를 읽고나서 말없이 편지를 정희 가방에 넣어준다. 그리고 정희 손을 잡고 조용히 계단을 내려온다.

"잊어, 잊어버려! 눈에서 멀어지면 마음에서도 멀어지는 거야."

"아니야! 오빠 그럴 사람 아니야. 흑흑."

"어쨌든 마음 단단히 먹어. 수업엔 들어가야지."

수연은 정희 손을 이끌고, 효숙은 묵묵히 뒤를 따라 강의실로 들어간다.

강의실에 앉아있는 정희의 모습은 넋이 나간 사람처럼 멍해 보인다. 수연이와 효숙은 그런 정희의 모습을 안타깝게 바라본다.

23.

기말고사가 끝난 7월 초. S대 근처 음악다방 안은 남녀 학생들로 북적인다. 1977년 제1회 대학가요제 우승 곡, 샌드페블즈의 '나 어떡해'가 흘러나오고 있다. 정희가 수연이와 효숙이, 선경이와 함께 한쪽에 앉아있다. 선경이가 정희에게 말을 꺼낸다.

"정희야, 너도 이번 가을엔 대학가요제 나가봐."

음악을 듣고 있던 정희의 볼에 눈물이 흘러내리자, 친구들이 당황한다. 효숙이가 정희에게 말한다.

"야, 이정희! 너 언제까지 그러고 있을래? 그럴수록 윤호 오빠 보란 듯이 대학가요제 나가서……."

효숙의 말이 끝나기도 전에 정희는 울면서 음악다방을 뛰쳐나간다. 친구들은 한숨을 쉬며 고개를 절레절레 흔든다. 수연이 안타까운 얼굴로 일어나 곧 정희를 뒤쫓아 간다. 음대 건물을 향해 정희가 뛰어가고 있다.

윤호와 함께했던 음대 연습실로 들어간 정희가 피아노 위에 쓰러져 울고 있다. 그때 정희는 뒤에서 누군가 자신의 어깨에 손을 얹는 느낌을 받는다.

정희는 순간 윤호를 감지한다.

"오빠?"

정희는 뒤를 휙 돌아본다. 그때 정희의 눈에 환하게 웃고 있는 윤호의 얼굴이 들어온다.

"아, 오빠!"

정희는 흐느끼며 윤호에게 안긴다.

잠시 후 정희는 자신을 안은 손이 윤호의 손이 아니라는 걸 이내 감지하고, 고개를 들어 쳐다본다. 수연이었다.

"아! 수연아, 나 어떡해?"

"정희야, 이렇게 바보 같이 울고 있지만 말고. 윤호 오빠를 못 잊겠으면 우리 말처럼 노래라도 해. 네가 가수가 되면 나중에 오빠가 널 알아볼 수도 있잖아."

정희는 수연의 말에 눈물을 닦고 생각에 잠긴다.

'지금은 아니야. 그때 오빠와 함께 노래했던 추억 때문에 노래하는 게 내겐 고문처럼 느껴져.'

그러나 정희는 입술을 지그시 문다.

24.

　지금, 정희는 음대 피아노실이 아닌 전무실에 앉아 있다. 그 때 피아노실에 없던 윤호가 지금 여기, 정희 앞에 있다.

　정말, 거짓말 같다.

　두 사람 사이에 어색한 침묵이 흐른다. 윤호가 변명처럼 머뭇머뭇 얘기를 꺼낸다.

　"거기서 시간이 흐를수록 숨이 막히고, 나를 잃어가는 것 같았어. 방학 때 널 보러 나오려고 했었지만…."

　정희는 윤호의 변명에 일침을 가하듯 냉정하게 말을 자른다.

　"윤주가 편지 줘서 다 알아요. 오빠는 어머니 뜻대로 피아니스트의 길을 가면 됐고 난 우리 엄마 말대로 조건 좋은 남자 만나서 가정 꾸리고 살고 있으면 된 거 아닌가요?"

　정희는 잠시 후 애써 숨을 고르며, 윤호에게 묻는다.

　"근데… 오빠 지금 여기엔 어떻게…?"

　윤호는 긴 숨을 내쉬며 쓴웃음을 짓는다.

　"어떻게 하다 보니 여기 이 자리까지 오게 됐어."

　윤호가 허탈한 미소를 띠며 말을 잇는다.

　"미국에서 피아니스트의 길을 접었어. 그리고 실용음악으로 바꿔서 그곳에서 음악 프로듀서를 하고 있었지. 여기 사장 선배가 미국에 왔다가 날 보더니 자꾸 들어와 같이 일하자고 해서 여기 오게 된 거야. 아마 너랑 함께했던 대학 때 추억이 날 여기까지 이끌어 왔는지도 모르지. 하하하."

윤호가 농담처럼 말을 하고 허탈하게 웃는다.

잠시 후 윤호가 지나가는 말처럼 정희에게 묻는다.

"너 결혼 했다고 들었어…."

정희는 자신의 결혼에 대해 말을 꺼내는 윤호를 바라보며 담백하게 대답한다.

"네."

대답은 간단하게 했지만, 간단치 않았던 그 즈음의 기억이 다가온다.

25.

M방송국 대학가요제 대기실에 예선을 보려는 대기자들이 모여 노래 연습을 한다. 젊음의 열기가 뜨겁다.

대기실의 웅성거리는 분위기 속에 정희의 친구 수연이 보인다. 수연은 엄청 다급해하고 당황하는 표정을 짓고 있다. 주변의 참가자들은 예선 무대에 오를 준비를 하느라 분주한 모습인데 수연은 누군가를 기다리며 발만 동동 구르고 있다. 그때 같은 과 친구 효숙이가 수연에게 뛰어온다. 수연이 효숙에게 다급하게 묻는다.

"정희 아직 안 온 거지?"

효숙이도 발을 동동 구르며 수연에게 말한다.

"응, 그래서 지금 선경이가 정희네 집에 전화하러 갔어. 무슨 일 생긴 건 아니겠지?"

그때 정희가 탄 버스는 자동차들이 정체되어 꼼짝도 하지 않고 서 있다. 정희는 한 정거장 미리 내려 정신없이 달리기 시작한다.

한편, 정희 집의 아무도 보이지 않는 거실에 전화벨이 울린다.

길거리엔 정희가 사력을 다해 질주하고 있다. 신발이 벗겨지자 정희는 신발을 들고 미친 듯이 다시 뛰기 시작한다.

정희 집의 빈 거실에 전화벨은 계속 울려댄다.

잠시 후 금자가 잠이 덜 깬 얼굴로 거실로 나와, 전화기 쪽으로 걸어간다.

"여보세요?"

금자가 전화 속 물음에 대답을 한다.

"정희 도서관 간다고 나갔는데… 뭐라고?"

전화기 너머의 소리에 금자의 얼굴이 굳는다.

길거리를 달리는 정희 눈에 저만치 '대학가요제 예선'이라는 플래카드가 걸린 M 방송국 건물이 눈에 들어온다. 정희는 건너편에서 신호를 기다리며 숨을 고르고 있다. 땀이 범벅이다.

정희가 헐레벌떡 대학가요제 대기실 문을 열고 수연이 앞에 나타났다. 수연이 정희를 발견하자마자 등짝을 때리고 난리다. 다행히 예선 시간에 늦지 않았다. 그걸 알고 정희와 수연은 안도의 숨을 내쉬며 환하게 웃는다,

친구들은 정희가 예선에 바로 나갈 수 있게 기타를 메주며 무대로 올라갈 준비를 시킨다. 잠시 후 정희가 무대로 가려고 대기실에서 나간다. 바로 그때 정희가 놀라며 걸음을 멈춘다.

정희 앞에 급히 택시를 타고 달려와 숨을 고르지도 않은 금

자가 서 있다.

정희는 당황한다.

'어떻게 엄마가 여기를 알고…?'

정희는 뭐라도 변명을 해야 했다. 그런데 답답하게 말이 나오지 않는다.

"어 엄마. 윽, 딸꾹! 딸꾹!"

딸꾹질만 계속 터져 나왔다. 정희는 마른침과 함께 딸꾹질을 목구멍 깊숙이 꾸욱 삼킨다.

금자는 상기된 얼굴로 정희에게 성큼성큼 다가가더니 정희가 어깨에 멘 기타를 빼앗아 바닥에 던져버린다.

콰당!

주위에 있던 친구들과 사람들, 모두 놀라 정희 모녀를 쳐다본다. 아수라장이 된 예선장에 정적이 흐른다.

정희는 악! 하고 소리를 지를 뻔한 자신의 입을 손으로 틀어막았다. 아무 소리도 내지르지 못한채 내동댕이 쳐진 기타를 보고 있었다. 지금 이 상황에서는 다른게 눈에 들어오지 않는다.

'아! 기타! 줄이 끊어지고, 깨져버린 내 기타!'

바닥에 내던져져 신음하는 기타는 바로 자신이었다. 온몸이 떨려왔다. 뒤죽박죽인 머릿속에서도 한 가지 사실만은 명확해진다.

'아! 나는 엄마에게서 벗어날 수가 없는 존재로구나.'

그 삶이 얼마나 끔찍한 감옥일지, 아득해진 정신으로도 짐작할 수 있었다.

'노래 하나 내 마음대로 할 수 없는 삶이라니!'

기타와 자신의 인생을 깨뜨린 엄마에게 반항 한번 제대로 하지 못하는 자신이 너무나 못나 보인다. 제 자신이 가여워서 탄식과 울음이 저 깊은 곳에서부터 세차게 솟구쳐 올라왔다.

그렇게 하고 집에 돌아온 정희는 하염없이 울었다. 눈이 퉁퉁 부어 얼굴이 푸석해 보였다. 그런 정희의 모습에 아랑곳하지 않고 금자는 계속해서 정희에게 훈수를 준다.

"정말 어처구니가 없구나. 네가 대학가요제 나갈 생각을 하다니. 이제 노래는 그만 끝내! 너, 내가 그렇게 바라던 의대도 못 갔는데 이젠 시집이라도 잘 가서 엄마, 아빠한테 효도해야 하지 않겠니?"

정희는 엄마 말을 가로막는다.

"엄마!"

엄마는 걱정스러운 말투로 목소리를 깔면서 덧붙인다.

"아빠도 너 어릴 적엔, 네 기 살리려고 그러셨지. 지금은 아니실 거다. 요즘 아빠 출판사 사정이 영 안 좋아 부도날까 걱정이다. 그러니 노랠랑 입도 뻥긋하지 마라. 이제 선 봐서 졸업하면 시집이나 가!"

"싫어요! 아직은……."

"여대생은 4학년일 때가 금값이야. 한남동 아줌마가 학벌 좋고 장래가 촉망되는 경제학도가 있다고 전화 왔어. 잔말 말고 그 사람 연락 오면 만나봐."

정희는 수심이 가득한 얼굴로 일어나 경석의 서재로 향한다. 살짝 열려있는 서재 문 사이로 경석이 누군가와 통화하는 소리가 조그맣게 들려온다. 문을 등지고 전화기에 매달려 있는 아버지의 뒷모습이 힘겨워 보인다. 정희는 귀를 기울여 본다.

"한 사장님 정말 죄송합니다. 아시다시피 요즘 책이 잘 안 나가서요. 어떻게 해서든지 다음 달까지는 꼭 결재해드리도록 하겠습니다."

경석은 전화를 끊고 책상을 등진 의자 뒤로 힘겹게 머리를 기대며, 골똘히 생각에 잠긴다.

정희는 머뭇거리다 조용히 자기 방으로 들어간다.

26.

P호텔 커피숍에 정희가 탁자를 마주하고 한 남자와 앉아 있다. 엘튼 존의 '쏘리 심스 투 비 더 하디스트 월드Sorry seems to be the hardest word'가 흐른다.

정희가 선을 보고 있다. 민수라는 청년이다. 흰색 와이셔츠에 단정한 청색슈트 차림으로 앉아있는 그는 샤프해보이고 지적인 분위기를 풍긴다. 하지만 그를 보는 정희의 얼굴은 무표정하다. 반면 민수의 표정은 왠지 밝다. 시선을 아래로 꽂고 굳은 표정으로 앉아있는 정희에게 민수는 무슨 말을 어떻게 건네야 할지 잠시 고민한다. 민수가 조심스레 미소를 띠며 정희에게 말을 건넨다.

"학교 방송국 아나운서라고 들었는데, 졸업하면 그런 계통의 일을 할 계획이 있으신가요?"

정희는 먼 산을 바라보듯 딴 곳을 주시하던 시선을 겨우 민수에게 돌린다.

"글쎄요."

민수는 의외란 듯 이어서 묻는다.

"그럼 다른 꿈이 있으신지?"

잠시 사이를 두고 정희는 다시 말을 이어간다.

"노래하는 게, 제 꿈이에요."

민수는 의외의 대답에 조금 놀란 표정이다.

"노래요? 그럼 가수? 노래를 잘하시나 봐요."

"좋아하죠. 노래 속에선 제 감정을 자유롭게 표현할 수 있어서 좋아요. 근데 지금은 노래를 접었어요."

"왜요?"

정희는 조금 망설이다 대답한다.

"엄마 뜻을 거역할 수도 없고, 아빠 사정을 몰라라 할 수도 없어서요. 그래서 여기 나와 있는 거구요."

"음…."

민수는 정희가 솔직하다는 생각이 들었다.

정희는 눈시울이 빨개지더니, 눈물을 참으려고 입술을 깨물며 말한다.

"아무래도 제가 여기 잘못 나온 것 같아요."

민수는 조금 조급하게 묻는다.

"제가 마음에 들지 않으시나요?"

정희는 고개를 저으며 말한다.

"아니요, 저는 누구하고도 선 볼 마음의 준비가 되있지 않네요. 죄송해요. 먼저 일어날게요.”

정희가 자리에서 일어난다. 그때 돌아서는 정희 머리에서 꽃핀이 티테이블에 툭! 떨어진다. 정희는 그것도 모르고 재빨리 호텔 라운지를 빠져나간다.

민수가 정희가 흘린 핀을 얼른 집어들고 자리에서 일어나 정희를 부른다.

“정희 씨, 잠깐만요!”

버스 정류장으로 뛰어온 정희 앞에 막 출발하려는 버스가 보인다. 정희가 떠나려는 버스에 뛰어올라 타자, 버스가 출발한다.

쫓아오던 민수가 막 출발하는 버스를 허탈하게 바라본다. 민수는 손에 들린 정희의 꽃핀을 한동안 바라본다. 그리고 그 핀을 손에 꼭 쥐었다.

27.

정희가 다니는 S 대학 건물 경영관에 ‘경제학 세미나’ 플래카드가 걸려있다.

세미나가 끝나고 그 건물에서 열린 세미나에 참석한 민수와 다른 동기 교수들이 나온다. 민수는 먼저들 가라고 하고 혼자 건물 앞에 잠시 서 있다. 뭔가 망설이며 골똘히 생각하는 표정이다. 그때 건물앞 교내 스피커에서 정희의 목소리가 들려왔다. 정희가 윌리암 워즈워드의 시, '초원의 빛'을 낭독한다. 정희가 방송반 아나운서라는 걸 염두에 둔 민수가 정희의 목소리를 기억하고 건물 앞에 서서 정희의 방송을 듣고 있다.

잠시후, 방송반 건물 앞으로 온 민수가 방송이 끝나면 정희가 나올 것 같아, 건물 앞에서 무작정 정희를 기다리고 서 있다.

정희가 방송을 끝내고 건물에서 나오자, 민수가 정희에게 다가가 정희를 부른다.

"정희 씨!"

정희는 민수를 바라보더니 의외라는 듯 조금 경계하는 표정이다.

"어머, 민수 씨? 여기는 웬일이세요?"

"오늘 여기에서 학회 세미나가 있었어요. 끝나고 가려는데, 정희 씨 목소리가 들리더라고요."

정희는 조금은 퉁명스럽게 묻는다.

"아직도 제게 볼 일이 남아있나요?"

"정희 씨에게 제안 하나 하고 싶어서요."

정희는 의아해한다.

"어떤 제안이요?"

민수는 조금 민망해하다가 용기를 낸다.

"저···. 정희 씨와 결혼하고, 아이도 크고···. 그렇게 안정적인 상황이 되면 제가 정희 씨의 꿈, 도와드리고 싶어요."

정희는 알 수 없다는 표정을 지으며 되묻는다.

"네? 지금 뭐 하시는 거예요?"

민수는 목소리를 가다듬고 진심을 담아 말을 한다.

"정희 씨에게 프러포즈propose하는 겁니다!"

정희는 기가 막히다 못해 화가 난다.

"늘 이렇게 일방적이신가요?"

민수는 곧바로 말을 이어간다.

"정희 씨 아버님이 하시는 일에도 도움을 드리고 싶어요!"

정희는 알 수 없다는 표정으로 대꾸한다.

"왜 이런 호의를? 제게?"

"정희 씨의 순수함이 좋습니다."

민수는 잠시 망설이다가 수줍은 표정으로 그의 손안에 쥐었던 꽃핀을 정희 앞으로 내민다.

"이거."

정희가 잃어버렸던 꽃핀이 들려있다.

정희가 눈을 크게 뜨고 민수를 바라본다. 정희는 마음을 진정시키려 차츰 시선을 아래로 내리며 생각에 잠긴다.

엄마, 아버지의 얼굴이 스쳐간다.

그리고 '운명'이란 단어가 언뜻 스치고 지나간다.

28.

정희가 학교 소각장 앞에 멍한 표정으로 앉아있다. 타오르는 불길은 정희가 넣는 편지지 하나하나를 냉큼 잘도 받아 삼킨다. 자신이 써댔던 편지는 다 넣어서 타고 있다. 정희는 이제 마지막 하나 남은 걸 불길 속으로 넣어야 한다. 윤호가 축제 때 주었던 하트가 그려진 카드였다. 카드를 봉투에서 꺼내어 한참을 손에서 놓지 못한다. 윤호가 보고 싶을 땐 그 카드를 꺼내어 보곤 했었다. 이걸 간직하고 있는 한, 윤호를 잊을 수 없을 것 같았다. 더 이상 간직할 자신이 없다. 이제 이것마저도 저 불길 속으로 보내야 한다. 떨리는 손으로 마지막 남은 윤호의 카드를 툭- 집어넣었다. 타들어 가는 불길 속으로.

윤호에 대한 그리움은 까만 재가 되어 그렇게 사위어 갔다.

'이렇게 빨리 순식간에 지울 수 있었는데….'

정희는 입술을 깨물었지만 어느샌가 눈물이 흘러내리고 있었다.

정희는 다짐했다. 이제 더 이상 윤호 때문에 흘리는 눈물은 없을 거라고….

아파트에 차려진 아담한 신혼 방. 정희의 화장대 위에 결혼 사진이 액자에 담겨 놓여있다. 사진 속의 민수는 행복하게 웃고 있고, 정희는 어설픈 미소를 짓고 있다.

정희의 시아버지는 인천에서 대기업에 납품하는 중소기업을 운영하고 있었다. 자신의 일을 함께하는 큰 아들네 가족과 함께 살고 있었다. 시아버지는 자수성가한 사람으로 시부모 모두 검소했고 시어머니는 내조에 전념하는 전형적인 현모양처였다.

자신의 결혼에 대한 기억들이 순식간에 주마등같이 지나갔다.

29.

윤호는 자신이 물었던 정희의 결혼에 대해 '네'라는 짧은 답을 듣고서 머쓱해져 창밖을 바라보고 있다. 둘 사이엔 또 침묵이 흐른다.

이번엔 정희가 어색한 침묵을 깨듯 태연한 표정으로 윤호에게 말을 건넨다.

"윤주는요?"

"윤주는 뉴욕에서 패션학원을 경영하는 마스터, 그러니까 원장이 됐어."

"네 그랬군요."

윤주는 문학에 관심이 많았는데 작가가 되지 않았다는 사실이 정희 자신이 이루지 못한 꿈처럼 못내 아쉽게 느껴졌다.

정희도 스치듯 묻는다.

"오빠는 결혼…?"

"난 아직 혼자야. 혼자가 편해서…."

윤호 역시 간단하게 답하고 멋쩍어하며 화제를 바꾼다.

"부모님은 건강하시지?"

정희는 망설이다 대답한다.

"아버지, 몇 년 전에 돌아가셨어요."

"아 그랬구나. 많이 힘들었겠다. 넌 아버지 사랑을 듬뿍 받던 외동 딸이었는데…."

정희는 윤호의 위로를 아무렇지 않은 척 넘기려 했지만 결국, 참을 수 없는 눈물이 어느새 뺨을 타고 주르륵 흘러내렸다. 윤호가 정희에게 티슈를 뽑아 건넨다. 정희는 티슈를 받아 눈물을 닦고, 코도 핑- 하고 풀었다. 그런 정희를 바라보는 윤호는 가슴이 아팠다. 하지만 딱히 정희를 위로할 말을 찾지 못하다 화제를 돌린다.

"오늘 네 노래 잘 들었어. 좋더라."

"쉽지 않네요."

"네게 힘이 돼주고 싶어. '울 아버지'도 좋지만, 또 다른 곡도 써 봐. 몇 개 모아서 네 전집을 만들어 보자. 나도 몇 곡 써 볼게."

정희는 그의 호의를 선뜻 받아들이고 싶지 않다.

"글쎄요. 생각해 볼게요. 그만 가 볼게요."

윤호는 정희에게 자신의 명함을 내민다. 정희는 잠시 망설이다, 명함을 받아 가방에 넣는다. 정희는 가벼운 고개 인사를 하고 전무실을 나간다.

정희의 뒷모습을 윤호는 아련히 바라본다.

30.

정희의 서재.

창문을 통해 들어오는 오후의 햇살이 책상 위로 드리운다.
책상 위는 평소와 달리 노트와 책들로 어지럽혀져 있다. 노트
위의 가사에 멜로디를 심는 정희의 머릿속은 온통 뒤엉켜있
다. 멜로디는 어지럽혀진 주변처럼 질서 없이 머릿속을 붕붕
떠다니며 도통 오선지에 안착하지 못한다. 고심하는 정희는
혼란스럽다. 그때 핸드폰 벨이 울리고 정희가 전화를 받는다.
가슴이 철렁했다. 수화기 너머의 목소리는 윤호였다.

"여보세요? 아, 윤호 오빠, 아 아니 김 전무님. 안녕하세요?
아니요 아직요. 가사는 다 썼는데…. 멜로디 붙이기가 어렵
네요."

윤호가 제안한다.

"내가 좀 봐 줄게. 4시에 내 작업실에서 잠깐 보는 거 어때?"

"4시요?"

정희의 가슴이 어쩔 수 없이 떨려온다. 시계를 본다.

4시에 빨리 만나고 돌아오면 저녁을 차릴 시간은 있어 보인다.

'그래. 멜로디 때문이야. 다른 이유는 없어!' 라고 평정심을

찾으려는 명분을 생각해 본다.

"알겠어요. 찾아가 볼게요."

멜로디를 붙이다 만 악보 노트가 눈앞에 놓여있다. 정희는 그걸 가방에 집어넣고 일어선다.

청담동 성당 뒤, 주택가에 위치한 윤호의 개인 작업실을 정희는 겨우 찾았다. 정원이 오픈되어있는 아담한 주택을 개조한, 주택형 사무실이었다. 정희가 사무실 입구인 정원으로 들어서자 안에서 정희를 기다리고 서 있던 윤호가 문을 열고 나와 정희를 반갑게 맞이한다.

실내로 안내된 정희가 소파에 앉아 주위를 둘러본다. 윤호는 싱크대로 가 원두커피를 내린다. 달콤하고 쌉싸름한 커피 향이 은은하게 퍼져온다.

큰 창밖으로 보이는 정원에 크고 작은 나무들이 잘 정돈되어 심어져 있다. 깔끔한 실내엔 그랜드 피아노와 그 옆으로 컴퓨터가 놓여있는 책상이 있다. 작업실 한쪽에는 작은 녹음실 부스도 보인다. 정희가 실내를 둘러보고 있을 때, 윤호가 커피 잔을 들고 와 탁자 위에 내려놓는다.

정희가 가방에서 악보를 꺼내 윤호에게 건넨다. 윤호는 잠시 악보를 살펴보더니 곧 피아노로 가 앉는다. F#m—Bm7 - G#m7(플랫5) - C#7로 코드를 잡아가며 멜로디를 그려 넣기 시작한다.

그동안 정희는 준비해 온 삘긴 채리 한 봉지를 탁자 위에 놓인 빈 접시에 쏟는다. 창밖 정원엔 여러 색깔의 장미꽃들도 활짝 피어있다. 정희는 창밖을 멍하니 바라본다.

그 순간 정희의 귀엔 어느새 쇼팽의 녹턴이 들려온다. 정희는 자신도 모르게 눈을 감았다. 고등학교 때 윤호 오빠가 피아노를 친다. 그리고 그 윤호 오빠가 정희를 부른다.

"정희야."

방금 윤호가 부르는 소리에 정희는 화들짝 놀라며 눈을 뜬다. 눈앞의 윤호, 김 전무는 부드러운 미소를 띠며 정희를 보고 있다.

"노래가 대충 만들어진 것 같아. 이리 와서 들어봐."

정희는 피아노 옆에 섰다.

"앉아. 다리 아프겠다."

정희는 그의 곁에 앉고 싶지 않다. 정희는 고개를 젓는다.

"그럼 편한 대로 해."

윤호는 반주와 함께 멜로디를 쳐준다. 정희는 멜로디가 마음에 드는지 점점 상기된 표정으로 음악에 빠져든다. 윤호가 멜로디를 다 치고 나서 정희를 바라본다. 그녀는 멍하니 악보를 쳐다보고 서 있다. 윤호는 일어나 정희 곁으로 말없이 다가와 그녀를 들여다본다. 정희는 아무 말이 없다.

윤호가 나지막한 목소리로 정희에게 묻는다.

"너 행복하니?"

정희는 가슴이 철렁 내려앉는다. 혼란스럽다. 남편을 사랑하느냐고 묻는 것 같다. 사랑? 행복? 그런 단어들이 낯설었다. 그래도 행복하다고 늘 자신에게 주문을 걸고 살아온 정답대로 그녀는 대답해야 한다. 그녀는 그의 시선을 피하며 대답한다.

"네."

윤호가 힘주어 다시 말한다.

"날 쳐다보고 다시 말해봐!"

정희는 그와 시선을 맞추지 못하고 피아노 앞에 얹힌 악보로 고개를 돌린다. 정희의 눈에 자신도 모르게 눈물이 고여 온다.

윤호는 대학 때 했던 것처럼 정희의 머리칼을 쓰다듬는다. 정희는 시선을 내리고 그 자리에 가만히 서 있다. 윤호가 정희의 숙인 턱을 가만히 들어 올려 자신의 눈과 마주 보게 한다. 서로를 부정하지 못하는 눈빛이다. 뜨거움이 느껴진다. 윤호가 순간 정희를 와락 안으며 그의 입술이 정희의 입술로 다가가자, 정희는 어찌할 줄 몰라 하다 고개를 아래로 떨구어버린다. 그리고 곧 제 정신이 든 듯 화들짝 윤호를 거세게 밀쳐낸다. 그러자 윤호는 황급히 정희에게 말한다.

"정희야 우리 다시 시작해!"

짝!—

순간 정희가 윤호의 뺨을 때리는 소리가 작업실에 울려 퍼진다. 정희는 서둘러 가방을 들고나가다, 정신이 든 듯 되돌아와 피아노에 펼쳐진 악보를 가방에 구겨 넣고 도망치듯 작업실을 빠져나간다.

윤호는 그녀가 황급히 빠져나간 빈 작업실을 허탈하게 바라본다. 정희가 남기고 간 빨간 체리가 티 테이블 위에 소담스럽게 놓여있다.

그때 갑자기 어두워진 창 너머에 마른 번개가 번쩍이더니 갑자기 비가 세차게 내리기 시작한다. 엄청난 빗소리에 윤호도 그제야 정신이 든 듯 현관에 세워진 우산을 들고 밖으로 뛰어나간다.

장대비가 쏟아지는 작업실 밖 거리에 정희가 빠른 걸음으로 걸어가는 모습이 보인다.

우산도 없이 가고 있는 정희의 뒤를 윤호가 쫓아간다. 눈물인지 빗물인지, 정희의 얼굴과 몸이 흠뻑 젖어 있다.

　"정희야! 정희야!"

　윤호의 목소리가 빗 사이로 가늘게 들려오지만, 정희는 윤호의 부름을 무시한 채 걸어간다. 윤호가 숨차게 다가와 정희에게 우산을 씌운다.

　"정희야, 미안해. 내가 사과할게. 이 우산 쓰고 가."

　정희는 윤호를 밀쳐내고 앞만 보고 걸어간다.

　그러던 정희가 갑자기 윤호를 향해 돌아서더니 말을 쏟기 시작한다.

　"오빠가 떠나고 몇 년 동안이나, 난 학교 우편함만 맴돌았어. 이제나저제나 오빠 편지가 오기만을…. 그렇게 3년이 갔지. 그러던 어느날 받은 편지 한 통! 오빠를 잊으라는 윤주의 편지 한 통에 세상이 다 무너져 내렸어. 그래, 우리가 불렀던 'One summer night' 가사처럼 My whole world tumbled down이 되고 말았어. 그때 그 노래를 부르지 말았어야 했었어. 흑흑."

　윤호가 황급히 말을 받는다.

　"정희야, 난 편지로 변명하기 싫었어. 마음은 그게 아니었어. 널 보러 나오려고 기회만 엿보다…."

정희가 윤호의 말을 끊는다.

"됐어. 변명하지 마. 이 개새끼야! 기다려 달라는 편지 한 통만 받았어도 난 널 기다릴 수 있었어. 네가 준, 그놈의 만년필 때문에 지금도 난 이 지랄을 하고 있는지도 몰라!"

정희는 윤호에게 처음으로 폭발하듯 자신의 감정을 마구 쏟아붓는다. 윤호는 그런 정희가 한없이 안쓰럽다. 볼멘 목소리로 속삭인다.

"나 하트 목걸이 아직도 간직하고 있어."

눈물 젖은 정희의 눈망울이 윤호를 올려다본다. 그 눈망울을 바라본 윤호는 한 발 다가간다.

"안고 싶어 그때처럼. 단 한 번 만이라도…."

정희가 가만히 듣고 있자 윤호는 받고 있던 우산을 던져버리고 그녀를 꼭 껴안는다. 품 안에 안긴 정희는 이내 그의 가슴을 주먹으로 마구 두드리며 엉엉 울기 시작한다. 비가 두 사람을 적신다. 윤호는 정희의 얼굴에 흘러내리는 빗물과 눈물을 닦아주려 얼굴을 쓰다듬다가 정희에게 격렬하게 키스를 한다. 이번에는 정희도 거부하지 않고, 그에게 입술을 주었다.

정희의 머릿속이 아득해진다. 이미 오래전에 잊어버렸다고 생각했던 그의 체취가 이 순간에 뭉클하게 그녀의 후각을 일

깨울 수 있다니. 그의 품에 안긴 자신의 심장 뛰는 느낌도 그때랑 똑같다.

대학 시절, 그때 그에게로 돌아간 듯 다른 아무 생각도 나지 않는다.

두 사람은 거세게 내리는 비에도 아랑곳하지 않고, 그동안의 긴 세월을 뛰어넘듯 깊이깊이 뜨겁게 뜨겁게 서로를 꼭 끌어안는다. 끌어안고 또 꼭 끌어안았다. 숨이 멎는다. 마음도 몸도 멎는다. 그리고 시간마저 멈추어 버렸다.

그때 둘 사이로 번쩍! 하고 섬광 한줄기가 지나가는 것 같더니 천둥소리가 우르르—쾅쾅! 하고 고막을 찢을 듯이 들려왔다.

정희는 먼 꿈에서 깨어나듯 이내 정신을 차리며 윤호를 올려다본다. 이제 그를 밀어내야 할 시간이다. 정희는 한 발짝 뒤로 물러선다. 그리고 정희는 말없이 돌아서 빗속으로 걸음을 옮긴다. 저만치에서 빈 택시가 오고 있다. 정희가 손을 들자 택시가 멈춰서 곧 몸을 싣는다. 정희가 탄 택시 안 백미러 속에 비를 맞고 서 있는 윤호가 빗물에 흔들려 보인다. 차가 출발하자 백미러 안의 그는 이내 점점 흐릿하게 멀어져 간다. 정희는 눈을 감는다. 첫사랑은 젊은 날 거세게 휘몰아치고 지나간 소나기 같은 것이란 어느 영화 대사가 떠오른다. 택시는 빗속을 뚫고 점점 멀어져 간다.

비 내리는 청담동 주택가 거리에, 윤호와 함께 바닥에 던져진 우산도 비를 맞고 있다.

31.

정희네 아파트 베란다 넓은 창에도 빗줄기가 창을 때리며 흘러내린다. 민수가 베란다에 서서 비 내리는 모습을 내려다보고 있다.

아파트 단지로 택시 한 대가 들어와 멈추고, 정희가 내린다. 민수의 눈길이 택시로 간다. 정희가 우산도 없이 비를 맞으며 급히 아파트 입구를 향해 달려온다.

거실 벽 시계가 6시를 가리킨다. 정희가 현관문을 열고 숨 가쁘게 들어섰다. 민수가 비에 흠뻑 젖은 정희를 바라본다.

"아니, 이 비를 맞고 어딜 갔다 와? 또 오디션 보고 오는 거야?"

"아, 네…."

정희는 긴장된 표정이다.

민수는 얼른 욕실로 들어가, 수건을 꺼내 정희에게 건넨다. 정희는 의외라는 듯 멈칫하다 얼른 수건을 받아 젖은 몸을 닦는다.

"오늘 빨리 오셨네요."

"음, 오늘 빨리 끝났어."

"얼른 저녁 차릴게요."

"됐어. 천천히 해. 당신 꼴이 말이 아니고만."

정희는 잠시 머뭇거리다가 수건을 들고 욕실로 들어간다.

정희는 욕실 거울에 비친 자신의 모습을 보고 놀란다. 립스틱이 입가에 번져있다. 정희가 휴지를 풀어 입술을 세게 닦은 뒤, 변기에 버리고 얼른 물을 내린다. 그리고 고개를 숙이고 머리를 세차게 흔들어댄다.

32.

다음날 정희의 서재.

아무도 없는 이 공간은 자신이 내쉬는 숨소리조차 거슬릴 만큼 조용하다.

정희는 책상 앞에서 머리를 괴고 괴로운 표정으로 윤호가 그려준 악보를 한없이 바라보고 있다. 째깍째깍 시계 소리가 유난히 크게 들린다. 서재가 평소와 달리 정리되어 있지 않다. 돌리다 만 청소기는 열려있는 서재 문 앞에 벌러덩 자빠져있다. 한참을 악보만 멍하게 바라보던 정희가 비로소 연필을 든다. 그리고 악보에 제목을 적어 넣는다.

'재회'

작사 이정희. 작곡 김윤호.

33.

10월 초 한강공원 인적이 드문 잔디밭.

윤호가 한강을 물끄러미 바라보며 누군가를 기다리고 있다. 강변이라 바람이 꽤 세게 불어와 윤호가 옷깃을 여민다.

그때 멀리서 정희가 기타를 메고 윤호 쪽으로 걸어오고 있다. 다가온 정희가 윤호와 약간의 거리를 두고 앉으며 정희가 눈으로 인사를 한다.

"지난번 실례 많았어요."

윤호는 너털웃음을 지으며 따뜻하게 반긴다.

"아냐, 내가 잘못한 거였어. 연락 없어서 걱정했는데, 이렇게 네가 '재회'를 가져오겠다는 것만으로도 고맙다."

정희는 윤호를 보지 않고, 노을로 물드는 한강을 바라보며 살짝 슬픈 미소를 짓는다. 이윽고 정희가 기타를 꺼내 반주를 연주한다.

정희는 숨을 고른 뒤 '재회'를 노래하기 시작한다.

재회

긴 이별 뒤에 만난 그대에게 난 아무 말도 할 수가 없어.

이제 가는 길이 서로 달라 그냥 싱겁게 웃고 말았어.

그러나 아직도 그대를 보는 내 가슴은 아프게 뛰고

애써 웃으려던 내 눈가엔 어느덧 눈물이 고인다.

그런 눈빛으로 바라보지 말아줘.

그런 입술로 말하지 말아줘.

이제 예전처럼 사랑할 수 없다는 걸 그대가 더 잘 알잖아.

이제 옛날로 돌아갈 수 없다는 걸 그대가 더 잘 알잖아.

그러나 아직도 그대를 보는 내 가슴은 아프게 뛰고

애써 감추려던 내 눈가엔 어느덧 눈물이 흐른다.

그런 눈빛으로 바라보지 말아줘.

그런 입술로 말하지 말아줘.

이제 예전처럼 사랑할 수 없다는 걸 그대가 더 잘 알잖아.

이제 그대가 행복하길 바라는 걸 그대가 더 잘 알잖아.

내 마음 더 잘 알잖아.

　　윤호가 노래 부르고 있는 정희를 바라보고 있다. 강변 바람
에 머리를 흩날리며 노래하는 지금 정희의 모습이, 예전 고등
학교 시절, 청순한 단발머리의 정희 모습과 겹쳐온다. 애절한
노래 선율이 윤호의 마음을 아프게 파고든다.

　　노래를 끝낸 정희의 눈에 눈물이 살짝 고여있다. 정희는 눈
물을 보이지 않으려고 하늘을 올려다 보며 눈을 깜빡거린다.

윤호가 박수를 친다.

"고마워 정희야. 잘 불러줘서."

"오빠 덕분에 좋은 노래 부를 수 있게 돼서 고마워요."

윤호는 힘주어 묻는다.

"그럼 이 곡의 제작과 프로모션 준비는 어떻게 할 거니? 내가…."

정희는 단호하게 대답한다.

"제가 알아서 할게요. 오빠에게 더는 신세 지고 싶지 않아요."

"신세는 무슨…."

"그리고 오빠 보면 좀 그럴 것 같아서요."

윤호는 곧 안타깝게 정희를 부른다.

"정희야!"

정희는 기타를 정리하며, 애써 밝게 말한다.

"오빠도 이제 좋은 여자 만나야죠. 언제까지 이러고 있을 거예요?"

정희가 자리에서 일어난다. 윤호도 정희를 따라 다급히 일어난다.

"정희야, 내가 그때 한 약속 지키게 해줄 수 있니?"

모르는 척 정희가 묻는다.

"뭔데요?"

"여기 돌아와서 네게 오토바이 태워주기로 한 거."

정희는 살짝 시선을 돌린다. 한쪽에 세워둔 윤호의 오토바이가 보인다. 정희는 아랫입술을 지그시 물더니 짧게 대답한다.

"됐어요!"

윤호가 실망한 표정으로 정희를 바라본다. 정희는 아래를 내려다보면서 힘주어 말한다.

"그 약속, 시효기간 지난 지 오래예요. 저는 이제 한 사람의 아내예요. 앞으로는 저를 그냥 멀리서 가수 '라라'로만 바라봐 주세요. 저도 그럴 거예요."

정희는 가방에서 뭔가를 꺼내 윤호에게 건넨다.

"그리고 이거."

윤호는 정희가 내민 만년필을 한동안 바라본다. 자신이 미국 가기 전에 정희에게 준 파카 만년필이었다.

"꼭 이렇게까지 해야겠니?"

"네."

정희는 한동안 숙였던 고개를 들어 윤호를 본다.

"그렇게 하는 게 맞아요."

윤호가 힘없이 만년필을 건네받는다.

정희가 이제 윤호에게 손을 내밀어 악수를 청한다. 윤호는 안타깝고 답답한 마음으로 정희를 바라본다. 머뭇거리던 윤호가 이내 정희가 내민 손을 잡는다. 정희는 단단히 다잡은 자신의 감정을 꼭 쥐려는 듯 힘주이 말한다.

"늘 건강하세요."

정희가 윤호의 손을 놓자, 윤호도 정희의 손을 힘없이 놓는다. 정희와의 실낱같은 묶임마저 이렇게 스르르 자신의 손에서 풀려나가고 있다. 정희가 자신의 손을 꼭 쥐었던 그 감각이 고스란히 남아있다. 표현할 수 없는 느낌과 의미. 그녀의 절제된 사랑으로 단단히 묶어버린 매듭 같은 것.

정희는 기타를 둘러메고 뒤돌아보지 않고 왔던 길을 되돌아가고 있다. 이제 자신과의 마지막이 될지도 모르는 정희의 뒷모습! 그녀의 오른손이 얼굴에 닿았다가 내려온다. 눈물이라도 닦는 걸까?

정희의 손을 놓았던 공허한 윤호의 손이 허탈감의 무게를 이기지 못하고 축 늘어진다. 한강에서 불어오는 초가을 강바람이 흐느적대는 윤호의 빈 가슴을 아리도록 차갑게 훑고 지나간다.

그해 초가을이 차가운 강바람처럼 그렇게 지나가고 있었다.

3부

중년은아름다워!

34.

1998년 봄

붉은 벽돌로 지어진 아담한 성당에 소담스럽게 핀 목련이 환하게 피어있다.

정희가 미사를 끝내고 다른 신자들과 함께 계단을 내려와 1층 성심홀 쪽으로 향한다. 성심홀 입구에 포스터 하나가 붙어있다. 본 성당의 성심홀에서 2주 후 열리는 김수환 추기경과 함께하는 〈IMF 금 모으기 행사〉 포스터였다.

정희는 포스터를 관심 깊게 바라본다.

누군가에게 노래로 힘이 될 수 있는 무대라면 꼭 서고 싶었다.

정희는 행사 관계자에게 문의해 보기로 했다.

'○○성당 IMF 금 모으기 행사' 플래카드가 보이는 성당 성심홀에 꾸며진 작은 무대 위에서 정희가 마이크를 잡고 자작곡인 I.M.F.I'm fighting를 부르고 있다.

무대 밑에서는 김수환 추기경과 신부들, 수녀들, 구청장, 관객들이 앉아 정희의 무대를 감상하고 있다. 행사를 취재하러 온 기자들이 움직이며 무대 위의 정희 사진을 찍고 있다. 정희가 노래를 끝내고 무대에서 내려오자 김수환 추기경이 일어나 정희에게로 성큼성큼 다가간다. 추기경이 정희에게 격려의 악수를 청하자, 정희는 수줍고 황송한 표정으로 추기경과 악수한다. 기자들이 사진에 담는다. 찰칵! 찰칵!

그때 한 기자가 정희에게 다가온다.

"안녕하세요. 저는 월스트리트 저널의 한국 지사 기자입니다. 이정희 씨가 만든 I.M.F.I'm fighting 노래를 통해 국민들에게 힘을 실어주는 내용을 기사로 소개하고 싶습니다. 그런데 이 노래 CD는 언제 발매되었나요?"

정희는 난처한 표정을 짓는다.

"아니요. 아직 CD 발매는 안 된 미발표 곡입니다."

"네, 그럼 발매하시면 바로 연락 주세요. 그때 다시 기사를 쓰겠습니다."

기자가 정희에게 명함을 건넨다.

"네. 알겠습니다."

정희는 기뻤다. 그러나 곧 걱정도 되었다.

'그이가 알게 되면 뭐라고 할까? 일을 이렇게 벌려 놓았으니.'

표정이 어두워진다.

35.

정희의 집 거실 탁자 위에 두 개의 신문이 놓여있다. C 신문 기사에 정희가 김수환 추기경과 악수한 사진과 기사가 꽤 크게 나와 있다. 또 다른 신문 기사에는 "제 노래 듣고 힘내세요! I.M.F. I'm fighting"라는 제목으로 기사가 나와 있다.

민수가 신문을 펼쳐 들고 정희의 기사를 보고 있다. 신문을 보고 있는 민수 앞에 정희가 큰 결심이라도 한 듯 그의 옆으로 다가간다. 민수는 얼른 다른 면으로 페이지를 넘긴다.

"여보, 제 기사 보신 거죠?"

민수는 모르는 척 시침을 뗀다.

"무슨 기사?"

정희는 용기를 내어 민수에게 말한다.

"당신이 저 CD 하나 내도록 도와주시면 안 돼요?"

민수는 기가 찬 표정을 한다.

"그게 무슨 말이야? 당신 CD 내는 걸, 왜 내게 말해?."

민수는 보던 신문을 탁 접으며 퉁명스럽게 대답한다.

"그런 거 기대하지 마. 하려면 당신이 알아서 해야지."

정희는 오래전 기억을 떠올리며 민수에게 말한다.

"당신 결혼 전에 내게 했던 말, 기억이나 해요? 애 크고 나면 나 하고 싶은 일 하도록 도와주겠다던 약속!"

민수는 딴청을 부린다.

"내가? 그랬던가? 그랬대도 그건 그때고. 지금은 이게 맞아."

정희는 어이가 없다.

"아니 여보, 어쩜 그럴 수가! 그럼 당신이 내게 해준 건 뭐예요?"

"내가 당신한테 못 해준 건 또 뭐야. 당신에게 매달 주는 생활비, 다 내가 벌어왔잖아. 당신이 생활비 한번 벌어왔어?"

민수는 생활비를 줘 왔다는, 가시적 숫자를 들이댄다.

정희는 생각해 보니 자신에겐 그런 숫자가 없었다. 효숙이 말했던 '자기만의 돈'이 이렇게 절실하게 다가올 수가 없었다. 생각해 보니 그동안 그런 개념 없이 남편 말만 믿고 대책 없이 그냥 살아온 자신이 얼마나 바보였나?

"그럼 나 어떡해요! 밖에서 아르바이트라도 해야겠네요!"

민수는 황당한 표정을 짓는다.

"당신이 아르바이트? 무슨 아르바이트? 옆집 강아지가 웃겠네. 돈 벌기가 그렇게 쉬운 줄 알아? 얌전히 집에서 살림이나 하서."

민수는 자리에서 일어나 방으로 들어가 버린다.

정희는 정말 억울했다.

'나도 지금까지 집안일, 육아, 내조하며 정말 열심히 살았는데…'

주먹을 불끈 쥐며 다짐한다.

'그래. 지금이라도 내 힘으로 돈 벌어서 음반을 내야겠어.'

며칠 후 정희는 집 근처 라이브 뮤직 카페를 찾아가 면접을 보있다. 사장은 정희의 노래를 두 곡 듣자, 바로 고개를 끄덕였다.

"내일부터 나오세요."

"감사합니다."

36.

다음날, 저녁을 먹고 일찍 치운 뒤 정희는 민수에게 말한다.

"저 아르바이트 다녀올게요"

"무슨 아르바이트?"

"카페에서 노래하는 거예요."

"당신이 그런 데서 노래를? 허! 코웃음이 나오네. 내가 못하게 하면 또 못하게 한다고 날 원망할 테니 한번 해보시지. 얼마나 오래 버텨내는지 한번 두고 볼게."

민수는 정희를 비웃는 듯 넌지시 말한다.

정희는 대꾸하지 않고 기타를 챙겨 메고 나간다.

라이브 카페 앞에서 떨리는 가슴으로 문을 열고 들어선다.

저녁 9시, 카페는 테이블에 빈자리가 거의 보이지 않을 정도로 손님들이 차 있었다.

정희는 무대 위에서 기타를 들고 의자에 앉아 노래를 시작한다. 세 곡을 마쳤다. 잠시 물로 목을 축일 때였다. 사장이 다가와 뭉근한 얼굴로 제안을 한다.

"저기 손님들이 좀 보자고 하는데? 정희 씨 노래가 너무 좋다고…."

테이블에서 남자 세 명이 정희를 바라보며 웃고 있다.

정희가 사장에게 정중하게 거절한다.

"전 노래를 하러 온 것뿐이에요."

사장은 정희를 다그친다.

"그렇게 뻣뻣해서 무슨 아르바이트를 하겠다고! 한번 가줘봐!"

정희는 속에서 뭔가 올라오는 걸 느낀다. 굳은 얼굴로 고개를 저으며 일어선다.

"저 그만 가보겠습니다"

정희는 기타를 챙겨 들고 출입문으로 걸어 나간다. 그런 정희의 뒷모습에 사장이 얼굴을 붉히며 삿대질을 해댄다.

"당신, 뭔 콧대가 그렇게 높아? 내일부터 나오지 마!"

정희는 무릎이 꺾이는 것 같았다. 민수 말대로 돈 벌기가 쉽지 않았다. 의기소침해진다.

하지만 곧이어 다른 아르바이트를 구하기로 했다. 바로 방송국 방청객 아르바이트였다. 취객에게 시달릴 일 없고, 주부로서 시간 내기도 좋은 아르바이트였다.

37.

2000년

C 방송국 1층 로비의 높은 천장은 눈부시게 센 조명을 내리꽂고 있었다.

방송국 로비 앞에 방청객 아르바이트를 한 사람들이 프로가 끝나고 급여를 받기 위해 줄 서 있다. 그 줄에 정희도 끼어있다. 남자 직원 한 명이 미리 받아두었던 주민등록증과 지급료를 나눠주며, 정희 앞의 한 여자에게 말을 건넨다.

"미영 씨는 베테랑이라 오늘도 상황에 맞게 박수 잘 치셨어요. 다음에도 일 있으면 연락드릴게요."

그 뒤에 다소곳이 서 있던 정희도 지급료 봉투를 받아 핸드

백에 넣는다. 정희는 돌아서 나오려다 방송국 로비 한쪽 벽에
붙어있는 포스터에 눈길이 갔다. 정희는 벽 앞 포스터 앞으로
가 멈춰선다.

'Challenge to The Singer'에 도전하세요!

정희의 가슴이 어쩔 수 없이 또 방망이질을 하기 시작한다.

'내가 저 오디션에 통과할 수 있을까?'

그동안의 오디션들에 참가해서 심사위원들에게 들었던 이
상한 소리들….

그리고 윤호와 씁쓸했던 만남의 잔상들이 스쳐간다.

'더 이상 쓸데없는 데 마음 쓰지 않을래. 내가 돈 벌어 음반
제작하면 돼.'

38.

곧 다음 아르바이트 자리로 향했다. 문화센터 노래교실 강사

였다. H 백화점 문화센터의 강의실 앞 스크린에 가요 악보가 떠 있다.

수강생 아줌마들이 강사인 정희를 따라 노래를 부른다. 정희와 회원들의 노래가 일단락되었다. 잠시 숨을 돌린 뒤, 정희가 다시 회원들을 바라보며 말한다.

"그럼 배운 노래를 다시 한번 불러볼까요?"

그러자 50대 한 회원 아줌마가 일어나 정희에게 제안한다.

"아이 선생님, 이제 노래는 불러봤으니까 재미난 얘기도 하면서 웃고 몸도 좀 풀어 보자구요."

정희는 어리둥절 해한다.

"무슨 얘기요?"

옆에 있던 또 다른 아줌마가 말을 받는다. "아이, 선생님, 노래 강사 처음이신가 봐. 뭘 모르시네요. 그 뭐냐, 우방건설에서 서울숲까지, 그리고 저…. 쌍방울 얘기도 하면서 웃어보자고요."

"쌍방울이요?"

정희는 말을 해놓고 순간 당황한다. 회원들이 키득거린다.

그때 또 다른 회원이 일어난다.

"이렇게 춤도 추며 몸 풀기도 하고요. 선생님은 춤 못 추세요?"

뒤에 있던 다른 아줌마가 깔깔거리며 말한다.

"저희가 선생님 춤도 가르쳐 드려야겠네요."

정희는 어쩔 줄 몰라한다.

"제가 아직 준비를 못 했어요."

이번에는 회원들이 다 같이 농담 반 진담 반으로 정희를 놀린다.

"선생님은 너무 숙맥이셔. 옆 반 노래교실 강사님은 엄청 재미있데요. 우리 그 반으로 옮겨 가야겠어요."

"네?"

정희가 곤혹스러워하자 회원 중 한 명이 웃으며 말한다.

"선생님은 노래 강사보다 가수나 하세요!"

노래 교실 수업이 끝나고, 아줌마들이 정희에게 인사하고 강의실을 나간다.

정희가 풀이 죽어 악보를 넣으며 가방을 정리한다. 그때 정희 앞으로 누군가가 다가온다. 친구 수연이다. 정희는 수연을 반긴다.

"응 어서 와 수연아, 잘 찾아왔네."

"자, 이거!"

수연이 포스터 하나를 정희에게 내민다. 'Challenge to The Singer!'란 글씨가 크게 보인다. 정희가 C 방송국에서 봤던 바로 그 포스터였다. 정희가 쓱 보더니 책상에 내려놓으며 시니컬하게 반응한다.

"오디션은 지겹게 봤어."

정희 말이 떨어지기가 무섭게 수연이 한마디 한다.

"지겹게 한 거, 한 번 더 하면 안 되냐? 이번 건 본선에서 노래할 때 가면 쓰고 한 대. 등수에 들면 상금도 나오고."

정희는 놓여진 포스터를 빤히 쳐다보며 다시 생각해 본다.

'그래, 꿈은 포기하는 게 아니야. 이루는 거지!'

정희는 살며시 주먹을 쥐어 본다.

39.

2000년 봄. C 방송국 오디션장 앞에 'Challenge to The Singer!' 현수막이 걸려있다.

정희 앞의 예선자가 침통한 표정으로 고개를 숙인 채 빠르게 내려오자 다음 도전자를 호명하는 소리가 들린다.

"이번 예선자는 178번 라라 씨입니다."

정희가 무대에 올라 심사위원들을 향해 인사를 한다. 마이크를 잡은 손이 긴장감으로 촉촉해졌다. 심사위원 다섯 명이 피로한 기색으로 정희를 바라본다.

"안녕하세요. 178번 라라입니다. 제가 노랫말을 쓰고, 아는 분이 작곡한 '재회'를 부르겠습니다."

MR 반주가 나오자 정희가 '재회'를 부른다. 시큰둥하게 정희를 보던 심사위원들이 차츰 고개를 끄덕여가며 정희의 노래에 집중한다.

노래가 끝나고 오십 대 초반의 은테 안경을 쓴 심사위원이 정희에게 말한다.

"음색이 맑고 귀에 잘 꽂혀 설득력이 있군요."

이어서 청색 점퍼를 걸친 심사위원이 말한다.

"많은 사람들이 공감할 수 있는 노래 가사예요. 본인의 얘기인가요?"

정희는 조그맣게 대답했다.

"네."

"그런데 무대 경험이?"

정희는 정곡을 찔린 것 같아 가슴이 뜨끔했다. 대학 팝송 경연 대회 이후론 공식적인 무대에 서 본 적이 없다. 몇 번의 오디션들과 그만뒀던 카페 아르바이트가 다였으니까.

　"별로 없습니다."

　다시 그 심사위원이 말한다.

　"그래선지 노래 부르는 표정이 좀 불안해 보이고 안정감이 떨어져요."

　"아, 네."

　정희는 실망한다.

　이어서 다른 심사위원이 한마디 덧붙인다.

　"좀 더 일찍 데뷔하셨더라면 좋았을 텐데 나이도 아쉽고요."

　정희는 침울한 표정을 지으며 대답한다.

　"네."

　정희는 생각한다. 역시 또 안 되려나 보다.

　마지막으로 정희 노래에 대한 총평이 이어졌다.

　"노래 잘 들었습니다. 본인이 작사한 노래라 그런지 깊은 감성으로 호소력이 있습니다."

　잠시 심사위원들이 서로 상의하더니 다시 앞을 바라본다. 은테 안경을 쓴 심사위원이 정희를 향해 결과를 발표한다.

"이정희 씨께 본선 진출의 기회를 드리겠습니다."

정희는 순간 자신의 귀를 의심했다, 이내 눈물이 핑 돈다.

"아 네, 감사합니다!"

40.

드디어 Challenge to The Singer가 열리는 토요일이 되었다.

정희는 잠도 설쳤다. 이른 점심을 먼저 끝낸 정희는 만들어 놓은 반찬을 부리나케 식탁에 차려놓고 뚜껑을 덮어 놓았다. 각자 자기 방에서 뭔가를 하는지 조용하다.

정희는 재빨리 꿈의 공작소인 자신의 서재로 들어가 헐레벌떡 옷을 걸치고 큰 가방을 들고나와 집을 살짝 빠져나간다.

정희네 아파트 앞 주차장에서 수연이가 차 안에서 정희를 기다리고 있었다. 정희가 수연의 차에 뛰어들 듯 타자 수연의 차가 곧 C 방송국으로 향한다.

Challenge to The Singer의 방송국 대기실.

많은 참가자들의 웅성거리는 소리가 들린다. 대기실 안에 설치된 스크린에도 무대 실황이 중계되기 시작한다. 사회자가 진행을 시작했다.

"한국음악저작권협회와 N-net이 후원하고 저희 C 방송국이 주최한 신인가수 발굴 프로젝트인 Challenge to The Singer! 오늘 이 자리엔 최종 2심의 예선을 통과한 10개의 팀이 올라와 있습니다. 심사의 공정성과 관객들의 호기심을 위해 도전자들은 각자의 캐릭터를 상징하는 가면을 쓰고 있습니다. 자 이제 Challenge to The Singer를 시작합니다."

사람들의 환호성이 들리고, 무대에 조명이 들어오자 밝아진 무대 위 한가운데에 사회자가 서 있는 모습이 보인다. 정희의 심장이 쿵쾅 거려 온다.

"첫 번째 도전자! 수고양이들입니다!"

고양이 가면을 쓴 4명의 남자팀 도전자들이 나와, 높고 날카로운 고음으로 고막을 찢으며 역동적인 댄스로 무대를 사로잡는다. 관객들은 도전자들의 노래와 춤에 흠뻑 취한다. 무대 앞 관객석 한가운데엔 심사위원으로 보이는 네 명의 남자와 한 명의 여자가 무대를 응시하고 있다.

대기실엔 지금 무대에서 진행되는 도전자의 노랫소리가 들려온다.

정희는 초조했다. 그 옆엔 친구 수연이도 함께 있다. 대기실엔 다른 도전자들도 긴장하며 스크린을 보고 있거나 이어폰을 끼고 안무를 점검하고 있다. 그때 대기실 문이 열리고 진행 스태프가 고개를 내민다.

"7번 라라 씨, 라라 씨? 준비하세요."

정희가 떨리는 손으로 나비 가면을 쓰며 자리에서 일어난다.

정희네 아파트 거실. 벽시계가 오후 5시를 가리킨다.

민수가 안방에서 낮잠이 덜 깬 얼굴로 하품을 하며 거실로 나온다. 민수는 두리번거리다 소영이를 부른다.

"소영아, 근데 네 엄마 어디 갔냐?"

소영이 거실로 나와 정희 서재를 기웃거린다. 정희가 보이지 않는다.

"몰라, 아까부터 안 보이더니, 할머니네 집에 갔나? 좀 있으면 오겠지."

민수가 소파에 앉아 TV를 키고 리모컨으로 채널을 돌린다. 그러다 Challenge to The Singer를 선택한다. TV 화면엔 사회자가 무대에 나오는 도전자를 호명하고 있다.

"이번엔 7번째 도전자! 나비 가면의 '재회'입니다!"

'재회' 반주가 흐르기 시작하자, 무대 중앙에 선 나비 가면을 쓴 정희가 노래를 시작한다.

의상도 발랄하게 짧은 원피스를 입어 젊은 여자의 느낌이 든다. 몸매도 날씬하고 목소리도 청순하다. 관객들은 궁금한 얼굴로 숨을 죽이며 정희의 노래에 집중한다. 정희의 노래가 절정에 이르자 놀라는 눈빛으로 서로를 쳐다보는 관객들. 소영이도 다가와 TV 앞에 서서 TV에 빨려 들어갈 것처럼 보고 있다. 민수도 TV에 빠져들며 한 마디 던진다.

"잘하네!"

소영이 맞장구를 친다.

"응. 잘해."

TV를 보고 있던 소영이가 민수를 획- 돌아보며 말한다.

"근데 엄마랑 목소리 비슷하지 않아?"

"네 엄마랑? 음… 좀 그런 것 같긴 하다."

소영은 의아하다는 듯 아빠에게 묻는다.

"아빠, 근데 엄마 노래 들어본 적은 있어?"

민수는 머뭇거리다 어색한 듯 얼버무린다.

"글쎄."

"피, 아빠가 엄마 노래 언제 들어봤다고 그래? 우리 엄마도 저렇게 노래하면 좋겠다."

민수가 단언하듯 말한다.

"됐다! 네 엄만 아니야! 저런데 나갈 위인은 못 돼. 젊은 애들이나 나가는 곳이지."

TV 화면에선 정희의 노래가 끝난다.

다시 C 방송국의 Challenge to The Singer의 무대 위.

도전자들의 노래가 끝나고 무대에는 핀 조명을 받은 사회자가 서 있다.

"이제 10팀의 무대가 모두 끝났습니다. 심사위원들의 심사와 방청객 여러분들의 투표를 집계하고 있습니다. 최종 선발된 세 팀에게는 음악 활동 지원금이 포상으로 주어집니다."

전광판이 보이고 도전자들 열 명의 총점이 화면에 뜨기 시작한다. 관객들이 전광판을 응시하고 있다. 무대와 객석에 긴장감이 흐른다. 사회자가 최종 결과를 발표한다.

"Challenge to The Singer 드디어 새로운 가수 3팀이 탄

생되는 순간입니다! 3등엔 드럼통 로커! 2등엔 나비 가면의 라라 씨! 1등엔…, 바로! 남성 4인조 수고양이들! 축하드립니다. 이제 모두 무대로 나오셔서 얼굴을 공개해 주세요!"

정희의 아파트 거실에선 소영이가 긴장된 표정으로 결과 발표에 귀를 기울이고 있다. TV에서는 세 팀의 가수들이 나와 가면을 벗을 준비를 하고 있다.

소영은 매우 흥미로운 표정을 하고있다. 민수는 무관심한 듯 신문을 보고 있더니 얼굴을 공개한다는 소리에 신문을 코높이로 슬쩍 내리고 눈은 TV를 응시한다.

한 명씩 가면을 벗자, 박수가 터져 나온다. 2등의 나비 가면이 서서히 벗겨지고, 이어서 정희의 얼굴이 보인다. 생각지도 못했다는 관객의 표정들!

소영이 깜짝 놀라 소리를 지른다.

"어머, 엄마다!"

소영은 놀란 얼굴로 TV와 민수를 번갈아 가며 쳐다본다. 민수도 놀라 당황하는 기색이 역력하다.

"아… 아니 저 여편네가!"

소영은 신이 난 듯 자리에서 벌떡 일어나 팔을 들어 환호성을 지른다.

"와, 우리 엄마 최고!"

민수는 충격을 받은 듯, 넋이 나간 채 앉아있다. 그러더니 신문을 탁 내려놓고 자리에서 일어난다.

"소영이 너, 엄마에겐, 아빤 이거 안 본 거로 하는 거다!"

민수가 방으로 들어간다.

TV에선 정희가 다른 가수들과 함께 트로피를 받고 인터뷰하는 모습이 이어진다.

사회자가 정희에게 마이크를 주며 질문한다.

"다른 가수들과는 좀 다른 느낌의 노래를 부르셨는데. 이 노래, 장르는 어떻게 되나요?"

"팝 트롯이에요."

사회자가 되묻는다.

"팝 트롯이오?"

"네, 트롯에 발라드 감각을 가미한 현대적 트롯이에요"

사회자가 고개를 끄덕인후 다시 묻는다.

"'라라'라는 이름이 예쁜데 예명인가요?"

"네. 어릴 적 아버지가 지어주신 예명이에요."

"그럼 본명은?"

"이정희입니다."

"네, 그렇군요. '라라' 이정희 씨, 축하드립니다! 마지막으로 한마디 하신다면?"

정희는 울컥하며 말한다.

"여러분, 다시 태어나게 해주셔서 진심으로 감사드립니다!"

41.

그날 저녁 정희는 Challenge to the Singer를 마치고 밤이 되어서야 아파트 현관문을 조심스레 열고 들어왔다.

정희 손에는 종이백이 들려있다. 종이백 안에는 Challenge to the Singer에서 받은 트로피와 꽃다발, 도시락이 담겨 있다. 거실엔 램프만 켜져 있고 가족들은 각자 방에서 시간을 보내고 있는 듯 닫힌 방문 아래로 빛만 살짝 새어 나온다. 민수 방에선 키보드 두드리는 소리가 난다.

정희는 Challenge에 나갔다가 이렇게 들어오는 모습을 들키지 않아 다행이라고 한숨 돌린다. 이윽고 자신의 배에서 나는 꼬르륵 소리를 감지한다. 이제야 긴장이 풀리고 허기가 느껴졌다. 방송국에서 나눠준 도시락은 그땐 긴장이 돼서 먹질 못했다. 정희는 부엌으로 간다. 부엌은 설거지가 되어 있었고 식탁엔 간소한 밥상이 차려져 있다. 밥상 옆에는 소영이가 써 놓은 예쁜 메모지가 놓여있다.

엄마, 오늘 힘들었지? 정말 잘했어. 파이팅!

소영의 메모지를 한참 바라보는 정희의 코끝이 찡해온다.

정희는 식탁 위에 트로피와 꽃, 도시락을 옆에 두고 앉아 반찬과 밥뚜껑을 연다. 숟가락으로 밥을 퍼 입에 넣으려는데 민수가 방에서 기지개를 켜는 듯한 소리가 '으아악~' 하고 들린다.

정희는 반사적으로 벌떡 일어나 싱크대 수납장 안에 트로피를 깊이 넣고 얼른 문을 닫았다. 전쟁터에 나가 건져온 승리의 전리품을 숨기는 듯 꾹 닫았다. 다시 의자에 앉아 숟가락으로 밥을 입에 넣고 오물오물 씹는다. 그때 방문 여는 인기척이 들리더니 화장실로 향하는 민수의 그림자가 보인다. 정희는 먹던 밥을 꿀떡 삼키며 아까보다 더 크게 밥을 퍼서 빨리빨리 우적우적 씹는다. 밥 한 그릇을 어떻게 먹었는지 모르겠다. 명치 끝이 막힌 것 같다. 컵에 물을 따라 꿀꺽꿀꺽 마셨다. 그래도 안 내려간 것 같다. 내쳐 주먹으로 탁탁 가슴을 두드려 본다. 휴~ 무슨 눈치가 그렇게 보이는 건지….

42.

정희와 민수가 거실에서 TV를 보고 있다. 민수는 소파에 기대앉아 TV를 보고 있고 정희는 마룻바닥에 앉아 마른 빨래를 정리하고 있다. TV 화면에서는 민수가 교양 프로그램에 나와 강의를 하고 있다. 화면 속의 민수가 웃으면서 시청자들을 향해 말한다.

"우리는 언제나 불평등 속에서 살아왔습니다. 불평등을 해소하기 위해서는 임금의 재분배뿐만 아니라 이것을 해결하고자 하는 기성세대와 미래세대가 서로 협력하려는 태도가 중요합니다. 또한 앞으로는 여성과 남성의 임금에서의 불평등도 해결해야 할 과제입니다."

민수가 자신의 강의를 모니터링하는 듯, TV를 집중해서 보고 있다. 정희도 관심 있게 TV를 지켜보면서 민수에게 말을 건넨다.

"당신 대단해요! 근데 저 맨 마지막 말 진심인가요?"

그때 전화벨이 울린다.

정희가 자리에서 일어나서 전화를 받으려는데, 민수가 먼저 움직여 전화를 받는다.

"여보세요."

전화 속에서 음성이 들려온다.

"안녕하세요. 최근에 방영되었던 챌린지 프로를 보고 전화 드리게 되었습니다. 라라 씨 댁 맞나요?

전화를 받은 민수의 표정이 굳는다.

"그런 사람은 모르겠는데요."

"라라, 이정희 씨라고… '재회'를 불러 준우승하신 분인데요."

민수는 못마땅한 하지만 어쩔 수 없이 사실을 인정할 수밖에 없었다.

"이정희는 제 집사람인데요."

"'지구 레코드사'는 아니지만 '샛별 기획사' 박○ 사장이라고 합니다. 뉴스타 트롯 가수들을 발굴하여 공연을 기획하는 곳이죠. 중견가수 박○○씨와 이○○가 저희 회사에 소속되어 있고요."

민수가 통화를 하며 정희를 바라본다. 정희도 자신을 찾는 전화임을 직감하고 궁금한 얼굴로 민수를 본다. 민수는 인상을 찌푸리며 통화의 상대방에게 대답한다.

"아니요. 그럴 생각 없습니다."

민수는 뭔가 단호하게 더 이야기를 하려다 정희가 황당해하며 자신을 바라보는 걸 의식한다. 민수는 불편한 한숨을 내쉬고, 퉁명스럽게 정희에게 전화기를 건넨다.

"받아, 당신 전화야."

정희가 민수의 눈치를 보며 조심스레 전화를 받는다. 그리고 힐끔 민수를 보고는 목소리를 한 톤 낮추어 통화한다.

"네 알겠습니다. 그럼 내일 찾아뵙겠습니다."

잠시 후 정희의 표정이 밝아지며 전화를 끊는다.

전화가 끝나자 민수가 다그치듯 묻는다.

"그런 사람 꼭 만나야 하나?"

"저 CD 내고 싶어요. 당신에게 의존하지 말라고 했잖아요. 일단 만나나 볼래요."

민수는 못내 못마땅한 표정이다.

43.

그렇게 찾아간 샛별 기획사.

정희는 가슴이 두근거렸다. 샛별 기획사 사무실 문을 열자,
규모가 그리 크지는 않았지만 깔끔해 보이는 실내가 눈에 들
어왔다.

박 사장은 정희를 보고 자신의 책상에서 일어선다.

"라라 씨 반가워요. 앉으시죠."

"안녕하세요? 네 감사합니다."

정희는 다소곳하게 자신의 곡들을 담은 테이프를 박 사장
에게 내밀었다. 박 사장은 녹음기에 테이프를 넣고 헤드폰을
낀다.

"라라 씨 노래 들어보겠습니다."

정희는 긴장한 얼굴로 지켜보고 있다.

박 사장은 음악을 들은 후 헤드폰을 내려놓는다.

"라라 씨 곡들, 저희 콘셉트와도 잘 맞고 좋네요. 제가 뵙자
고 한 건 이번에 저희 기획사에서 '힘내세요. 당신'이란 콘셉
트로 이벤트를 계획하고 있습니다. 어려운 시기에 중년들에게
힘을 실어준다는 취지이지요. 라라 씨 노래 '중년은 아름다워'

를 무대에 올려보고 싶은데, 동참해보시겠습니까?"

정희는 조심스레 대답한다.

"네, 한번 해 보겠습니다."

박 사장이 정희에게 자신의 명함을 건네며 말한다.

"CD 제작은 무대 반응을 보고 추후에 생각해 보기로 하죠."

"네, 좋아요."

정희는 명함을 받아보며 설레임이 가슴에 잔잔하게 퍼져온다.

기다리던 샛별 기획사 이벤트 무대에 서는 날이 되었다.

따뜻한 봄 햇살이 내리쬐는 시민공원에 이벤트를 감상하러 온 시민들이 의자에 빼곡히 앉아 야외 이벤트 무대를 바라보고 있다.

'힘내세요. 당신'이란 플래카드가 무대 뒤에 걸려있다. 주로 중년 여자와 남자 관객들이다. 무대에선 가수 박상철이 '자옥아'를 부른다. 박상철은 노래가 끝나자 박수를 받고 내려오고, 사회자가 다음 순서인 정희를 소개한다.

"요즘 힘들어하는 우리에게 들려주는 노래, 라라 씨의 '중년은 아름다워'입니다. 큰 박수 부탁드립니다."

엷은 보랏빛 투피스를 하늘하늘 하게 입은 정희가 마이크를 잡고 '중년은 아름다워'를 부른다. 정희가 힘내자는 몸짓으로 한 손을 높이 들어 보이며 노래를 마무리한다.

"중년은 아름다워 내 나이가 어때서 그래~."

관객들이 정희를 향해 환호를 보낸다. 정희가 떨리는 무대를 마무리하고 무대에서 내려온다.

박상철이 정희에게 다가간다.

"라라 누나, 잘하셨어요. 저도 '중년은 아름다워' 노래에 공감해요. 앞으로 우리 열심히 해봐요. 누나, 파이팅!"

무대 뒤에서 지켜보던 박 사장도 흐뭇한 표정을 짓는다.

박 사장이 정희에게 다가온다.

"조만간 음반, 제작에 들어가도록 합시다!"

"네?"

정희는 기뻐하며 말을 잇지 못한다.

며칠 후, 정희는 박 사장이 알려준 한 녹음실로 갔다. 엔지니어와 디렉터가 녹음실 의자에 앉아있다. 정희가 부스에 들어가 마이크를 조심스레 만져본다. 가슴이 뭉클하다. 곧이어 헤드폰을 끼었다.

"녹음 시작합니다."

설레고 기분이 야릇하다.

디렉터의 지시 아래, 드디어 첫 녹음이 시작되었다.

"다시 처음부터 갈게요!"

디렉터가 다시 처음부터 부르도록 여러 번 반복해서 지시한다. 정희는 힘들기도 했지만, 녹음하는 것에 감사해 몇 번이고 부르고 또 불렀다.

정희가 긴 시간의 녹음을 끝내고 두터운 녹음실 문을 열고 나온다. 디렉터가 웃으며 손가락으로 동그라미 사인을 그려 보였다.

44.

이렇게 해서 CD가 나오고, 정희는 가수로서 첫발을 조심스럽게 내딛기 시작했다.

40대 중년의 주부인데도 늦깎이 신인 가수로 데뷔한 정희, 그녀에 대한 인터뷰 기사가 신문과 잡지에 실렸다.

KBS '9시 뉴스'의 여자 앵커가 사회 이벤트 난에 정희의 행보를 짧게 보도하였다. 화면엔 정희가 무대에서 봉사 활동으로 노래하는 모습이 짧게 비쳤다.

"늦깎이 주부가 자신의 자작곡으로 고개 숙인 중년들에게 힘을 주는 노래를 만들어 노래 봉사와 활동을 하고 있습니다."

그 후로도 정희가 쓴 에세이 『주부, 꿈에 도전하다』가 출간되어 모 일간지에 인터뷰 기사가 나가자 이를 계기로 KBS '아침마당'에 초대되기도 했다.

이렇게 정희는 가수로서 작은 활동들을 하나둘씩 펼쳐나가기 시작했다.

2003년에는 정희의 이야기와 노래로 뮤직드라마 '그녀 노래하다'를 기획해 보자는 제안이 한 연극 기획사로부터 박 사장에게 들어왔다. 박 사장은 이번 기회가 실력도 쌓고 얼굴도 알릴 좋은 기회라며 정희에게 적극 추천했다. 가슴이 설레어 왔지만 설렘은 잠시. 민수의 허락을 받아내야 한다는 중압감이 밀려왔다.

45

저녁을 먹은 민수와 정희가 거실 소파에 앉아 TV를 보고 있다.

'어떻게 말을 꺼내야 할까?'

정희는 무슨 말부터 꺼내야 할지 민수의 눈치를 보고 있다. 아니 더 이상 눈치만 볼 게 아니라 마음을 다잡고 이제라도 말을 꺼내야겠다고 용기를 내었다.

"여보, 박 사장이 이번에 저에게 뮤직드라마 공연 제안이 들어왔다고 한번 해보라는데, 당신 생각은 어때요?"

"뮤직드라마? 그건 또 뭔데?"

정희는 조바심을 누르며 말을 이어간다.

"그게 스토리와 노래가 같이 어우러진 건데요. 뮤지컬을 가미한 연극, 뭐 그런 건데요. 저한테는 좋은 기회인 것 같아요."

민수는 인상을 찌푸리더니 목소리를 높인다.

"당신 앨범 내고, 인터뷰다 뭐다, 잡지고 신문이고 당신 얼굴 나오는 것도 나 신경 쓰이는데, 이번엔 뮤직드라마까지 하겠다고? 소영이랑 살림은 어떡하고? 안돼! 더 이상 일 벌이지 마!"

민수의 완강함에 당황한 정희는 애원하며 말한다.

"여보, 나 모두 다 잘해 낼 테니 이번 일만 허락해 줘요. 정말 노래하고 싶어요."

"그럼 집에서 실컷 노래해. 노래방 기계는 사줄 테니까."

정희는 답답한 심정을 말하고 싶다.

"무대에서 노래하고 싶은 게 가수 아니에요? 저도 무대에 서고 싶다고요."

민수는 코웃음을 친다.

"꿈도 야무지구먼."

정희도 이번엔 목소리에 힘주어 말한다.

"그러니까 나도 내 재능으로 당신한테나 울 엄마한테 인정도 받고 싶고, 내 노력의 대가로 경제력도 갖고 싶어요."

민수는 잠시 숨을 고른 뒤 통보하듯 정희에게 말을 던진다.

"나, 우리 학교 총장 후보에 올라와 있어. 매사에 조심해야 해!"

정희는 총장 후보라는 말에 잠시 멈칫하더니 한 톤 낮추어 묻는다.

"제가 가수한다고 당신이 총장 되는데 무슨 지장이라도 주나요?"

민수는 마지막으로 다시 한번 못을 박는다.

"어쨌든 하지 마!"

민수는 TV를 끄고 방으로 들어가 버린다. 쾅! 문 닫는 소리에 정희 가슴은 멍이 든다. 정희는 민수가 들어간 방문을 야속하게 바라본다. 조금 전 화장실에서 나온 소영이 두 사람의 모습을 보고 서 있다.

46.

S 대학병원 앞 택시 정류장에 정희와 금자가 서 있다. 정희는 금자의 건강검진을 끝내고 엄마를 집으로 모셔다드리기 위해 택시를 탄다. 병원을 빠져나온 택시가 집을 향해 달린다.

금자가 숨을 몰아쉰다.

"아휴, 그놈의 건강검진 정말 힘들어 죽을 뻔했다. 뭔 드럼통 안에다 가둬놓고 두두둑 거리는 소리에 고막이 터지는 줄 알았다. 다신 그 드럼통 안엔 안 들어 갈란다."

"고생하셨어요. 엄마가 저희 아파트 옆으로 이사 오시니까 저랑 병원 다니기도 편하잖아요. 저희랑 같이 사시면 더 좋으실 텐데."

"아니다. 나도 내 아파트에서 내 마음대로 하고 사는 게 더 편해. 명자와 같이 살 수 있게 돼 서로 의지가 되어 좋다."

명자는 대전에 살던 엄마의 사촌 여동생이다. 제부가 세상을 뜨자 금자가 서로 의지하고 살자고 제안해 명자가 얼마 전 금자네로 왔다.

"참! 정 서방 총장 후보에 올랐다며? 소영이한테 들었다. 안 그래도 너한테 말하려 했다. 너 챌린지인가 뭔가 나간 것도 켕기는데, 또 뮤지컬인가 뭔가 한다고 설치지 마라. 정서방 가뜩이나 까다롭고 예민한 사람인 거 알면서, 꼬투리 잡혀 이혼이라도 하자고 하면 어쩔래?"

정희는 표정이 굳어지며, 목소리를 낮춘다.

"엄마, 집에 가서 얘기해요."

그러나 금자는 아랑곳하지 않는다.

"지금 네가 노래한다고 나설 입장이냐고? 총장 부인이 딴따라라는 게 말이나 돼?"

정희는 애원하듯 다시 말한다.

"엄마, 제발. 나중에 집에 가서…."

금자는 정희의 애원을 아랑곳하지 않고 막무가내로 또 큰소리로 쏟아붙인다.

"이제 그 한심한 짓일랑, 제발 그만 집어치워! 알겠냐?"

정희는 택시 안에서 이렇게 실랑이를 계속할 자신이 없었다. 때때로 있어왔던 엄마와의 이런 상황들이 정말 못 견디게 싫었다.

정희는 택시 기사에게 급하게 말한다.

"저, 여기서 그만 세워주세요!"

정희가 택시에서 내리자, 금자도 냉큼 따라 내린다. 정희는 엄마의 손을 이끌고 아파트 쪽으로 걸어간다. 아파트 단지로 들어온 두 사람은 인적이 드문 곳에서 마주 본다. 이제는 정희도 엄마에게 하고 싶은 말을 하고 싶다.

"엄마, 나 지금까지 엄마 말대로 살아왔고, 남편 눈 밖에 나지 않으려고 무지 애쓰며 살아왔어요."

"그걸 아는 애가 그러고 돌아다녀?"

"정서방이 얼마나 절 구속하는지 엄마는 알기나 해요?"

금자는 안타깝다는 듯 정희를 설득하려 한다.

"그건 정 서방이 너를 아끼니까 그러는 거야. 정 서방, 학교와 가정엔 충실하잖니?"

"엄마, 나 그 사람, 숨이 막혀요! 이제 나도 하고 싶은 것도 하면서 살고 싶다고요!"

금자는 그런 정희가 한심하다.

"결혼한 아줌마가 어떻게 하고 싶은 것 하고 살아?"

정희가 울먹이기 시작한다.

"엄마, 난 노래가 하고 싶어요! 가지고 있는 재능이라고는 목소리 하나. 어렸을 때부터 노래가 그렇게 하고 싶었는데, 엄마 날 노래 못 하게 해놓고… 나 정말 억울해. 억울하다고요!"

금자는 또 목청을 높인다.

"뭐가 억울해? 교수 부인됐으면 됐지! 이제 곧 총장 부인도 될 텐데!"

정희는 울부짖으며 엄마에게 말한다.

"교수 부인이면 뭘 해? 총장 부인이면 뭘 해? 내가 없는데! 엄마, 난 노래할 때 정말 행복해. 흑흑! 아빠가 곁에 있는 것 같다고."

둘 사이에 잠시 정적이 흐른다. 금자는 이내 혀를 찬다.

"미친년!"

금자는 몸을 휙 돌려 자신의 아파트를 향해 총총히 걸어간다. 정희는 걸어가는 엄마의 뒷모습을 허탈하게 바라본다.

엄마가 옆 동 자신의 아파트를 향해 걸어가는 길이 오늘따라 문득 어릴 적 놀았던 동네 어귀처럼 보인다. 그 동네 어귀엔 정희의 추억 속에 묻힌 아픈 기억이 있었다.

정희가 초등학교 1학년이었던 가을, 어느 늦은 오후였다. 동네 골목 어귀를 물들이는 석양빛은 붉은 황금색 조명처럼 보였다. 그 조명 아래 나지막한 돌 바위 무대가 있고, 그 위에 서서 초등학교 1학년의 정희가 노래를 부르고 있다. 또래의 동네 아이들, 그리고 아이스케키를 팔러 왔던 남자아이도 께끼 통을 의자 삼고 앉아 꼬마 가수 정희의 노래를 감상하고 있다.

'새드 무비Sad Movie', 그때 유행했던 팝송이었다.

정희는 발음도, 뜻도 모르면서 라디오에서 흘러나오는 그 노래를 외워 그럴듯하게 흉내 내어 부른다.

빨간불이 켜지고 뉴스가 끝날 때
어머니는 내게 왜 우냐고 물었죠.
오, 오, 오, 새드무비~ 얼웨이즈 맥스 미 크라이~
(*Oh, Oh, Oh, Sad Movie~ always makes me cry~*)

빙 둘러앉아 있는 애들은 애들 답지 않게 정희의 노래에 빠져 있다. 아이들은 정희가 커서 가수가 될지도 모른다고 속닥거리기도 한다.

마침 저녁 먹을 때가 되어 승호의 엄마가 승호를 찾으러 오고, 또 다른 아이의 엄마들도 아이들을 부르며 찾으러 나왔다. 다가오는 엄마들을 향해 아이들이 정희의 노래를 방해하지 말라고 입에 손가락을 대며 손짓한다.

쉿!

그때 금자도 집에서 나와 두리번거리다 먼발치에서 정희를 발견하고 정희에게 다가온다.

정희는 즐겁게 노래를 하고 있다가, 다가오는 엄마를 보자 자신도 모르게 딸꾹질을 한다.

"딸꾹!"

가까이 온 금자는 정희가 노래하고 있다는 걸 이내 알아차리고, 득달같이 달려와 정희의 손을 낚아챘다. 정희가 금자에게 끌려가듯 집으로 간다. 남겨진 아이들과 엄마들은 안타까운 눈빛으로 엄마 손에 붙들려 가는 정희의 뒷모습을 바라본다.

동네 돌 바위 무대 공연은 그렇게 중단되고 말았다. 아이들도 아쉬워하며 풀이 죽어 각자 집으로 해산한다.

미완성으로 끝이 난 돌 바위 공연장엔 석양빛만 을씨년스럽게 여명처럼 남아있다. 땅바닥엔 아이들이 놓고 간 공기놀이 돌멩이 한 줌이 덩그러니 뭉쳐져 있다. 그 옆에 그려진 땅따먹기 놀이판이 석양빛에 길게 늘어져 있었다.

지금 정희는 아파트 길목을 비추는 석양빛 속에서 그때의 석양빛을 느끼며 서 있다. 사라진 엄마의 뒷모습 잔상을 거둬들이며, 어릴 적 동네 공연의 생채기를 다독인다. 그리고 천천히 자신의 아파트를 향해 발걸음을 옮긴다.

47.

코리아 글로벌 대학 본관 회의실에서 7대 총장선거 이사회가 열리고 있다.

교수들과 재단 이사진들, 직원들 그리고 학생 대표 세 명 등, 총 서른 명 정도가 둘러앉아 있다. 연단에 선 사회자가 결과를 발표하겠다고 한다.

"총장추천위원회 평가단에서 선출되어 올라온 정민수 교수와 홍현재 교수, 두 분이 후보자로 추천되어 투표에 들어갔습니다. 이제 그 결과를 발표하겠습니다."

모두 긴장한 표정으로 사회자를 응시한다.

"저희 글로벌 대학의 발전을 혁신적으로 이끌어갈 제7대 총장으로 경제학과 정민수 교수님이 선출되었음을 알려드립니다!"

장내가 시끄러워진다. 축하하는 말들이 민수에게 쏟아지자 민수가 공손하게 눈인사를 하며 웃는다.

이사장 옆에 앉은 한 교수가 이사장에게 귓속말을 한다. 순간 이사장의 표정이 일그러지더니 민수를 힐난하는 눈빛으로 빤히 쳐다본다. 민수는 이사장과 눈이 마주치자 영문을 몰라 하며 당황한다. 이사장이 장중을 바라보며 말을 꺼낸다.

"방금 우리 학교 총장으로 선출된 정민수 교수 부인이 가수라는데, 알고 계셨나요? 이 점에 대해서 모두들 어떻게 생각하시는지요?"

장내에 긴장감이 감돈다.

경쟁자 측들은 이사장 의도에 동의한다는 표정으로 고개를 끄덕이지만, 다른 교수들은 그게 뭐 어떠냐는 표정이다.

이사장이 굳은 표정으로 정교수를 직시한다.

"정 교수, 본인이 한 말씀해 보시지요!"

민수는 순간 당황했지만, 침착하게 대답한다.

"제 아내, 가수 아닙니다. 제 아내는 주부입니다."

이사장이 어떤 게 맞냐는 듯 자신에게 귀띔해 준 한 교수를 바라본다.

한 교수가 이제 리모컨을 누른다.

"여기 좀 봐주시죠."

스크린에 챌린지 무대 위에 선 정희가 가면을 벗는 장면이 나온다. 가면을 벗은 정희가 환히 웃고 있는 장면에서 화면이 정지된다.

"2000년에 방송된 '챌린지 투 더 싱어'라는 가수 발굴, 지원 프로그램의 한 장면입니다. 저는 이분을 정민수 씨의 아내, 라라 씨, 본명이 이정희 씨로 알고 있는데, 아닙니까?"

민수는 당황하여 얼굴이 빨개지며 대답한다.

"아… 네. 맞습니다. 아내가 노래 부르는 걸 좋아하긴 하지만, 단순한 취미 활동이었습니다. 아내가 본격적으로 가수 활동을 한 건 아니라서, 그렇게 답변했습니다."

한 교수가 또 리모컨을 조종한다. 그러자 이번엔 정희가 이벤트 야외무대 행사에서 노래하는 사진들이 여러 장 나온다. 이어서 정희가 '아침마당' 프로그램에 나와 웃으며 인터뷰를 한 장면도 나온다. 한 교수가 다시 민수에게 묻는다.

"이렇게 소속사에서 주관하는 이벤트 무대에도 섰고, '아침마당'에도 나오셨는데, 가수 활동을 안 했다고요?"

민수는 식은땀을 흘린다. 하지만 다시 침착하게 답한다.

"텔레비전을 잘 보지 않아, 몰랐습니다. 그런데 아내가 가수인 것과 제가 총장직을 수행하는 것이 무슨 상관이 있습니까? 지금 말씀하신 것들은 모두 제 아내의 사생활입니다."

그러자 이사장은 비꼬는 듯한 목소리로 말한다.

"정교수 부인은 감추시는 게 많은가 봅니다."

이사장은 좌중을 둘러보며 동조를 구하려는 어조로 묻는다.

"나비 가면의 라라 씨의 부군이신, 정민수 교수, 우리 대학 총장의 품격에 좀 그렇지 않나요?"

이번에도 경쟁자 측 사람들은 고개를 끄덕이고, 다른 교수들은 그게 뭐 어떠냐는 표정들로 서로 엇갈린다. 이사장은 굳은 표정으로 고개를 저으며 오른쪽에 앉아있는 비서에게 이사회 진행을 중지하라는 신호를 보낸다. 비서가 이사장의 반응에 사회자를 바라보며 회의를 중지하라는 무언의 신호를 보내자 사회자가 다급한 목소리로 정정한다.

"오늘의 총장 선출 결과 발표를 보류하겠습니다."

장내가 더욱 소란스러워진다. 민수의 표정이 침통해진다.

48.

그날 저녁 집으로 돌아온 민수 뒤로 정희가 따라 들어온다. 민수가 재킷을 옷걸이에 거칠게 건다. 뒤에서 주춤거리는 정희. 민수는 그런 정희를 보더니 넥타이를 풀어 침대 위에 휙- 던지며 말을 뱉는다.

"당신, 앞으로 아무것도 하지 마. 집에서 살림만 해!"

민수는 애써 화를 참는 듯한 목소리로 다시 말한다.

"뮤직드라마인지, 뭔지도 당장 집어치워."

정희는 기어들어가는 목소리로 겨우 말한다.

"여보. 그게 제 맘대로 그만둘 수 있는 게 아니에요. 이미 계약이 되어있는 거라⋯."

"나 그 새끼한테 전화 왔을 때부터 알아봤어. 당신 같은 사람을 누가 가수 시켜주겠다고 연락하겠어?"

순간 정희는 박 사장을 '그 새끼'로 표현하는 말에 망치로 가슴을 맞은 듯 가슴이 먹먹해진다. 정희가 소속된 회사 사장에게 그렇게 막말을 하는 건 자신을 모독하는 것보다 더 참을 수 없는 감정을 불러일으켰다. 말문이 막히고 울음이 나올 것 같다. 하지만 지금은 민수의 상태를 헤아리며 애써 마음을 누른다.

"저녁 차릴까요?"

"상관하지 마"

민수가 충혈된 눈으로 정희를 바라보고는, 방을 나간다. 정희가 침통한 표정으로 침대에 풀썩 주저앉는다.

49.

다음날, 박 사장의 사무실로 찾아간 정희가 박 사장과 마주 앉아 난처한 표정으로 조심스럽게 말을 꺼낸다.

"저, 뮤직드라마 그만둬야 할 것 같은데, 안 될까요?"

박 사장은 난색을 표한다.

"라라 씨 사정은 알겠는데 그러면 연극사의 최 사장도 나도 곤란해져요. 이미 홍보도 할 만큼 했는데… 그래도 안 하고 싶으면, 위약금으로 몇 배는 내야 해요. 그 돈이 작은 돈도 아니고요."

정희 얼굴에 수심이 가득해진다.

50.

대학로에 있는 드라마 연습실에서 뮤직드라마 '그녀, 노래하다'의 연습이 진행되고 있다. 정희 앞에는 여자 감독과 상대 배우 세 명이 정희를 지켜보고 있다.

정희는 자꾸만 등에서 식은땀이 나고 스트레스로 기운이 빠지는 걸 느낀다. 하지만 다른 사람들에게 폐를 끼칠 수 없었다. 꾸역꾸역 대사를 이어나간다.

아버지 역을 맡은 배우가 막 준비하려 할 때, 정희가 불안한지 계속 스태프들의 눈치를 보며 시계를 쳐다보다가 머뭇거리며 말을 꺼낸다.

"감독님, 죄송하지만, 오늘은 연습 시간도 지났고 여기까지만 하면 안 될까요? 저녁 시간이 돼서요….”

모든 스태프들의 시선이 정희에게로 쏠린다. 정희는 끝까지 말을 못 하고 말끝을 흐린다. 감독은 한숨을 내쉰다.

"정희 씨 이런 식으로 하시면 정말 곤란해요. 연습은 더 할 수 있는 겁니다. 저도 무슨 말씀인지 알겠는데, 공연 진행 계속하시려면 남편분한테 양해를 구하시고 도움을 받으셔야죠.”

정희는 기어들어가는 목소리로 대답한다.

"죄송해요.”

정희는 주섬주섬 가방을 챙기고, 황당해하는 감독과 배우, 스태프들에게 인사를 한 뒤에 황급히 연습실을 빠져나간다. 뒤에서 감독과 스태프, 배우들이 수군거리는 소리가 들린다. 정희는 눈을 꼭 감고 연습실을 나간다.

정희가 곧장 집으로 돌아와 보니 문 앞에 배달된 석간신문이 놓여 있다. 정희는 신문을 들고 들어가 급히 펼친다. 문화면에 자그맣게 정희의 '그녀, 노래하다’의 공연에 대한 기사가 실려 있다. 정희가 다른 면으로 페이지를 넘긴다. 코리아 글로벌 대학 총장에 홍현재 교수가 선출되었다는 기사가 조그맣게 실려 있다. 정희의 표정이 어두워진다.

'결국 그이가 총장 선출에서 탈락하고 말았구나!'

정희는 불안한 얼굴로 신문을 내려놓고 숨을 가쁘게 몰아쉬며 민수에게 전화를 한다. 전화기가 꺼져있다는 소리가 들린다. 정희는 어찌할 바를 모른다. 식탁 의자에 털썩 주저앉아 침울한 얼굴로 마른 세수를 한다. 한동안 멍하니 앉아 있던 정희는 서둘러 저녁을 차려놓고 식탁 의자에 덩그러니 앉아 민수를 기다리고 있다.

밤 10시가 넘도록 정희는 그렇게 앉아 있었다. 그때 현관문 소리가 나자 정희가 재빨리 현관으로 나간다. 민수가 피곤한 기색으로 들어왔다. 정희가 민수의 재킷을 받으려 하자 민수가 힐긋 보더니, 정희를 밀치고 방으로 들어가 문을 쾅 닫아버렸다.

정희는 불안한 마음이 가득해졌다. 이제 공연은 취소할 수가 없다. 남은 공연 날까지 최선을 다해 연습에 매진해야 한다.

드디어 공연 당일. 대학로 마로니에 소극장 매표소에 〈라라 '그녀, 노래하다' 공연 중〉 팻말과 포스터가 붙어 있다.

분장실 큰 거울 앞에서 정희가 분장 스태프 손에 얼굴을 맡기고 있다. 의상 스태프가 배역에 맞는 옷들을 각자 자리에 두고 간다. 그때 화장을 하는 정희 앞의 큰 거울에 꽃다발을 든 소영이와 그녀의 친구 두 명의 모습이 비친다. 정희가 반갑게 돌아보자. 소영이 웃으며 다가온다.

"엄마, 내 친구들도 엄마 공연 보고 싶다고 해서 같이 왔어."

"아줌마 멋져요. 축하드려요!"

소영이의 친구들이 꽃다발을 정희에게 안겨준다.

"그래, 고마워."

정희가 분장실 출입구 쪽을 다시 슬쩍 바라본다. 이내 정희의 얼굴에 실망한 기색이 스친다. 정희의 마음을 소영은 간파한다. 혹시 민수가 오지 않았나 하는 생각에 눈길을 주는 정희의 심정을. 하지만 소영은 일부러 모르는 척 태연한 표정을 지으며 말한다.

"엄마, 그럼 우리 객석 가 있을게, 파이팅!"

분장실을 나가는 아이들에게 정희는 애써 미소를 짓는다.

소극장 안에 공연이 시작되었다. 관객들은 정희의 연기를 진지하게 바라본다.

정희의 엄마 역을 맡은 배우가 연기한다.

"주부가 무슨 가수냐 가수는?"

정희는 엄마 역할의 배우에게 자신의 심경을 토로한다.

"엄마 난 노래가 하고 싶다고요"

정희가 울면서 주저앉자 무대가 암전 된다.

잠시 후 '중년은 아름다워' 반주가 나오고, 무대 중앙에서 다시 스포트라이트를 받은 정희가 노래를 부른다.

노래를 마친 정희는 많이 힘들어 보인다. 정희는 안간힘을 다해 대사를 끝낸다.

"난 포기하지 않아! 꼭 꿈을 이룰 거야!"

마지막 장이 끝나고, 커튼콜이 이어진다. 관객들이 응원의 환호성과 함께 박수를 보낸다. 정희가 객석을 향해 인사를 하고 몸을 일으키려는 순간, 정희는 비틀거리다 쓰러진다. 관객들이 웅성거린다. 놀란 소영이, 자리에서 벌떡 일어나 울먹이며 무대 쪽으로 뛰어간다.

"엄마, 안 돼!"

놀란 스태프들이 뛰어나와 정희를 둘러싼다. 정희는 일어나려고 애를 쓰며 혼잣말처럼 중얼거린다.

"괜찮아요. 일어날 수 있어요…."

그러다 정희는 이내 눈을 감고 기절한다.

아득히 멀리서 구급차 사이렌 소리가 들리는 것 같다.

병원 응급실에 실려와 누워있던 정희는 정신이 들자 눈을 뜬다. 링거병이 눈에 들어오고 소영이가 걱정스러운 눈으로 자신을 지켜보고 있다.

"아! 내가 결국 쓰러지고 말았구나. 연극을 망친 거야!"

소영이 정희를 다독인다.

"아니야, 엄마. 그래도 잘 끝내서 괜찮았어. 걱정 마 잘했다니까."

정희는 어서 집에 가야 한다며 몸을 일으킨다. 밤늦게 정희가 초췌한 모습으로 소영이와 스태프와 같이 집으로 들어선다.

민수는 그런 모습을 하고 들어오는 정희를 한심한 눈초리로 바라본다. 정희는 민수를 바로 바라볼 수가 없었다. 자신의 부질없는 바람인 줄 알면서도 마음만은 남편에게 위로받고 싶었다. 민수가 '괜찮아'라고 한마디만 해준다면 정희는 공연까지 받았던 모든 힘들었던 것들을 다 날려보내고, 금방이라도 툭툭 털고 일어날 수도 있을 것 같았다. 정희는 냉정한 남편이 야속하게 만 느껴졌다.

51.

코리아 글로벌 대학 캠퍼스 학생들이 강의실을 향해 복도를 걷고있다. 총장 선출 이사회에 참석했던 학생 대표 세 명인, 세환, 정욱, 다흔이 서로 장난을 치며 걷고 있다.

그들의 뒤에서 민수가 걸어온다.

학생들은 민수를 눈치채지 못한 채, 세환이 친구에게 말을 건다.

"너 정 교수 수업이지? 정 교수, 요즘 어때?"

"응 좀 의기소침해진 거 같기도 하고 좀 겸손해진 거 같기도 해."

이번에는 다흔이 너스레를 떤다.

"근데, 그때 자기 부인, 가수 아니라고 잡아떼는 거 너무 웃기지 않았냐?"

정욱이 고개를 끄덕인다.

"원래 남한테 칼 같은 사람이 자기한테는 안 그러더라.

평소 정 교수의 실력에 호감을 가졌던 세환이 아쉽다는 듯 정 교수를 변호한다.

"나는 정 교수가 총장 될 줄 알았는데… 와이프가 가수인 게 뭔 죄라고 그걸 문제 삼냐?"

정욱도 거든다.

"재단 이사장, 그 영감, 엄청 꽉 막힌 꼰대잖아."

이번엔 정 교수의 깐깐한 성격에 불만을 가졌던 다흔이 정 교수를 꼬집는다.

"정 교수 성격에 사모님, 가수하지 말라고 엄청 갈구겠더라."

정욱도 그 점에 대해서 동감한 듯 고개를 끄덕인다.

"와이프, 참 힘들 거야."

뒤에서 묵묵히 따라오던 민수가 멈춰 선다. 학생들은 각자 자기 강의실로 들어간다.

52.

정희는 자기가 기절한 바람에 엉망으로 끝난 공연 때문에 자괴감이 몰려왔다.

'공연도 완벽하게 못 해냈어. 거기다 남편 인정도 못 받았어. 하아!'

정희는 인생의 실패자가 된 것 같아 무력감이 온몸을 감쌌다. 가슴 깊은 곳에서 탄식이 터져 나왔다.

'나는 아무것도 제대로 하지 못하는 바보인가 봐.'

자신은 그냥 아무것도 아니었다.

'엄마나 남편 말을 거역한 대가인가?'

가슴이 옥죄어 오고 깊은 우울감이 정희를 신연이 늪으로 빨아들이고 있었다.

베란다 창고에서 정희는 상자를 하나 꺼낸다. 열어보니 정희의 1집 앨범 CD들이 가득 들어있다. CD를 꺼내서 쓰레기봉투에 모두 쏟아버린다. 그리고 음악 이론으로 처음 접했던 '김성태의 화성학'에서부터 음악 전문 S 출판사의 '경음악 편곡법' 등 손때가 묻어있는 책들도 다 버린다.

"그래, 버려. 다 버려버리는 거야. 그래야 다신 음악을 못하지!"

이렇게라도 자신에게 형벌을 가해야 조금이라도 자신과 가족에게 속죄하는 거라고 생각했다.

모두 다 버리고 나서 멍하니 앉아 쓰레기봉투를 쳐다보고 있는 정희의 뒷모습은 넋이 나간 사람 같다.

그날 저녁 식사 후, 거실에서 민수와 소영이 소파에 앉아 뉴스를 보고 있다. 설거지를 끝낸 정희가 힘없이 안방으로 들어간다.

정희의 이런 모습을 보며 소영이가 걱정스러운 얼굴로 민수에게 말한다.

"엄마가 몸이 많이 안 좋은가 봐. 아빠가 어떻게 좀 해봐."

"시간 지나면 좋아지겠지. 걱정 마. 수능이 얼마 안 남았잖아. 넌 공부에나 집중해."

소영인 아빠의 답이 아무래도 찜찜했고, 이런 냉정한 아빠가 미웠다.

밤이 깊어 민수가 안방으로 들어와 자리에 눕자 정희가 조심스레 민수 옆으로 돌아눕는다. 민수는 눈을 감으며 반대편으로 돌아눕는다.

정희는 망설이다가 민수의 어깨에 손을 얹고 나직한 목소리로 말을 붙인다.

"여보, 우리 얘기 좀 해요."

민수는 냉정하게 말을 자른다.

"나 당신하고 할 말 없어."

정희의 목소리가 가늘게 떨린다.

"저, 너무 힘들어요."

민수는 벌떡 일어나며 언성을 높인다.

"힘든 사람은 바로 나야! 내가 당신 때문에 왜 피해를 받아야 하냐고."

정희가 울먹인다.

"당신 총장 안 된 거 미안해요. 하지만 상아탑의 황제, 그 자리가 나보다 그렇게 중요해요?"

"그래, 나 정도 남자라면 그런 야망, 꿈꿀 수 있는 거 아냐? 당신은 그렇게 하지 말란 거 해서, 이렇게 날 개망신시켜놓고. 그깟 가수가 뭐라고!"

"그깟 가수?"

그깟 가수라는 말에 정희는 말문이 막혀 더 이상 말을 잇지 못한다.

잠시 후 정희의 가슴에 묻혀 있었던 말들이 그냥 술술 쏟아지기 시작한다.

"당신, 제가 지금까지 정성껏 뒷바라지해줬기 때문에 그동안 맘 편하게 밖에 서 일할 수 있었던 거 아닌가요?"

민수가 그 말에 대해서는 한동안 아무 대꾸도 하지 않더니 통보하듯 말한다.

"이상한 소리 하지 말고 당신은 집에서 소영이나 잘 키워.

자꾸 밖으로 나돌려고 하니까 일이 생기잖아!"

"나도 지금껏 열심히 주부 노릇 해왔고 소영이도 반듯하게 키웠어요. 그동안 노래 포기하러 많이 생각해 봤지만 그게 내 맘대로 안됐어요. 음악을 멀리하면 할수록 물 밖으로 나온 물고기처럼 음악에 대한 갈증은 더해져 목이 말랐어요. 나이는 점점 들어가고 더 늦으면 안 될 것 같았다고요."

민수는 미간을 찌푸린다.

"듣기 싫어. 그런 복잡한 말, 난 이해 못 해."

민수가 베개와 이불을 챙겨 들고 안방을 나가버린다. 잠시 후 민수의 서재 방문 닫는 소리가 울린다. 쾅! 정희가 끝내 눈물을 흘리며 혼잣말을 한다.

'그래, 나 아내로서 자격 없어. 남편 망신이나 시키고. 이 집에 필요 없는 존재인 거야.'

모든 가족이 잠든 새벽 3시, 베란다에 정희가 혼자 앉아있다. 정희 앞에는 지난번에 버린 CD와 음악 노트가 담긴 쓰레기봉투가 그대로 놓여있다. 그 앞에 정희가 멍하게 앉아 손에 소주병을 쥐고 있다. 음식 조리할 때 쓰려고 사둔 작은 소주병이었다.

정희는 냉소적 미소를 띠며 자책한다.

"내 주제에 가수는 무슨 가수."

정희가 손에 쥔 술병을 입에다 대고 꿀꺽꿀꺽 들이킨다. 그리고 눈물을 뚝뚝 흘린다. 정희가 단단히 쥐었던 한 손을 편다. 하얀 약들이 쥐어져 있다. 그 손을 쥐었다 폈다 반복하는 정희의 온몸은 부르르 떨리고 있다.

그때 소영의 방문 열리는 소리가 들린다. 덜컹!

순간 놀란 정희는 베란다 안쪽으로 몸을 숨긴다. 소영이 부엌에서 물을 마시고 들어가자 정희는 정신이 번쩍! 났다. 잠시 자기가 잘못된 꿈속으로 빠져들었던 것 같았다.

'아! 이건 아니야, 내가 잘못되면 우리 소영이가 어떻게 되겠어? 소영이에게 상처 주면 안 돼! 그리고 아버지가 나 이러라고 '라라' 이름 주신 거 아니잖아? 정신 차려 이정희!'

정희는 안간힘을 쓰고 일어나 화장실로 들어가 변기물을 내린다. 하얀 약들이 물살에 휘말리며 빠르게 어디론가 사라져 버렸다.

정희는 묵묵히 자신의 서재로 들어간다.

다음 날 아침.

소영이 부엌으로 나와 물을 마신다. 시계가 6시 50분을 가리키고 있다. 정희가 아침을 차리고 있을 시간이다.

소영이는 의아하게 생각하며 두리번거린다.

"엄마. 어디 있어?"

소영이 손에 든 컵을 식탁 위에 올려둔다. 그때 식탁 위에 '소영이에게'로 쓰인 편지지가 눈에 들어온다. 소영은 떨리는 손으로 편지지를 펼친다.

소영아, 네게 당당한 엄마 모습을 보여주고 싶었는데, 못난 모습만 보여서 미안하구나.

이렇게 견디는 게 너무 힘들어.

집을 떠나 나를 되돌아보고 싶다.

미안해. 나의 딸 소영이, 사랑한다.

소영이 눈에 눈물이 맺히며 곧 큰 소리로 아빠를 부른다.

"아빠! 엄마가, 엄마가 없어."

53.

아침 햇살이 옅은 안개에 묻혀 은은하게 내려오는 바닷가 모래사장.

갈매기들이 안갯속을 날아다니며 끼룩끼룩 소리를 낸다. 해변을 걷는 사람들, 그물을 들고 바닷가로 나가는 어부들이 어렴풋이 보인다.

바다의 비릿하고 짠 냄새가 안갯속바람을 타고 정희의 코에 스며든다. 아! 바다 냄새…. 도시에선 느낄 수 없는 이 훈훈한 대자연의 냄새! 정희는 이 냄새가 싫지 않다. 아니 향기롭다. 생명체를 품어주는 살아있는 바다 특유의 생명의 체취다.

정희는 신었던 구두를 벗어들고 맨발로 모래밭을 디딘다. 발바닥에 닿는 모래사장의 깔깔한 느낌은 발바닥을 간지럽히며 발가락 사이로 파고든다. 파도가 철썩철썩 모래를 밀치며 정희 앞으로 밀려와 발등을 핥고 밀려간다. 이 감촉들! 정말 얼마 만인가?

정희가 어릴 적 즐겨 불렀던 노래, 정훈희의 '안개'가 떠오른다. '나 홀로 걸어가는 안개만이 자욱한 이 거리~.'

안개가 옅어지면서 그리 멀지 않은 곳에 떨어진 섬 두 개가 보인다.

왼쪽 섬과 오른쪽 섬,

바닷물을 사이에 두고 서로 멀뚱멀뚱 떨어져 있다.

서로 다가갈 수 없는 불통의 섬.

나와 그이 같다.

걸음을 멈추고 하늘을 먼발치로 바라본다. 물안개가 걷히는 하늘은 영롱하고 아름답다. 그 하늘 너머로 기억 속에 묻혔던 시, '초원의 빛'이 아련하게 떠오른다.

초원의 빛이여 꽃의 영광이여.

그 시절이 다시 되돌려지지 않는다고 해도

나는 그 속에서 빛의 영광, 그 영롱함을 찾으리….

그때 파도가 세게 밀려와 옆의 바위를 치며 부서져 밀려간다. 참을 수 없는 존재의 가벼움과 무거움이 그 파도에 실려왔다 밀려가는 거다. 정희는 생각한다. 존재의 무게가 무겁거나 가볍거나 무슨 상관이란 말인가? 둘 다 참을 수가 없다는데… 다 부질없다. 하늘의 빛은 영롱한데 내 정신은 왜 이렇게 몽롱

해지는 걸까?

정희는 기운이 빠져오는 걸 느끼며 비틀거린다. 급히 수연의 폰 번호를 누른다.

54.

C 대학병원 응급실 복도에서 민수가 의사의 말을 듣고 있다. 의사가 민수에게 묻는다.

"조금만 늦었어도 큰일 날 뻔했습니다. 우울증에 탈진이 심했군요. 알고 계셨나요?"

민수는 침통한 표정으로 겨우 대답한다.

"짐작은 했는데, 이럴 줄은…."

의사는 민수에게 조언한다.

"지금 환자에게 가장 중요한 건 가족들이에요. 특히 남편분의 이해와 협조가 환자에겐 가장 큰 힘이 될 겁니다. 비난하시거나 환자가 자신을 자책하도록 하시면 공황장애나 극한 상황까지도 갈 수 있어요."

민수는 고개를 숙인다.

"네, 알겠습니다."

의사는 민수를 지나쳐 복도로 걸어간다. 민수는 막막한 얼굴로 복도 벽에 기댄 채 서 있다. 민수의 눈가에 회한의 눈물이 고인다.

소영이 말없이 병실 문 앞에서 민수를 지켜보고 있다.

55.

다음날 소영이가 학교 복도에서 같은 반 남학생인, 철민이와 싸우고 있다. 아이들이 모여든다. 철민이가 소영을 놀리고, 화가 나 보이는 소영이 철민이를 거세게 밀친다. 철민은 뒷걸음질 치다 가까이 있던 계단으로 굴러떨어진다.

아이들이 악! 하고 소리를 지른다. 소영이의 얼굴도 하얘진다.

그 다음날 방과 후 교무실.

소영이와 철민이, 그의 엄마, 그리고 선생님이 앉아있다. 철민의 엄마가 소영에게 화를 내며 따진다.

"우리 철민이가 없는 말 했니? 네 엄마가 가수, 딴따라라서 네 아빠가 총장 안된 거 사실이잖니? 네 엄마가 가수 안 했음, 네 아빠 총장, 안 떨어졌을 거 아냐?"

소영이가 철민이 엄마에게 반박한다.

"가수가 뭐 어때서요?"

"가수는 아무나 하니? 가정주부가 조신하게 살림이나 하지. 이제서 와 뭔 영광을 누리겠다고. 가수야?"

소영이 발끈하며 반문한다.

"아줌마는 꿈이 없으셨어요? 어떻게 그런 말씀을 하실 수 있어요?"

"그거야 네가 철민이만 안 밀었으면 내가 뭐 하러 이런 말 하겠니?"

"제가 철민이 다치게 한 건 사과할게요. 그런데 철민이가 우리 엄마를 놀리는 건 참을 수 없어요. 그래서 저도 화가 나서 순간 민 건데, 철민이가 그만 발을 헛디더 계단으로 굴러떨어진 거예요."

철민이 엄마가 소영에게 또 무슨 말인가를 던지려 하자 선생님이 이제 그만하시라고 중재하며 소영에게 묻는다.

"엄만 왜 안 오셨니?"

"엄마가 요즘 많이 아프셔요."

선생님이 고개를 끄덕인다.

"철민이 어머니, 제가 나머진 잘 처리하겠습니다. 이제 그만 돌아가시죠."

철민이 엄마는 선생님께 당부한다.

"쟤 엄마에게 딸 교육 잘 시키라고 단단히 말해두세요."

철민이와 그의 엄마는 일어나 교무실을 나간다. 선생님은 소영이에게 나지막한 목소리로 타이른다.

"소영아, 나도 네 심정은 충분히 이해가 가지만, 철민이 어머니가 우리 학교 학부모회 회장님이신데다 철민이 아버님은 네 아버지와 같은 대학에 몸담고 있는 교수님이시잖니. 그러니 그냥 이 정도에서 넘어가는 게 좋겠다."

소영은 눈물을 뚝뚝 흘린다. 억울한 표정이다. 선생님도 소영이의 마음을 이해한다며 그만 지나가자는 타이름에 소영은 한참 만에 겨우 고개를 끄덕이며 눈물을 닦는다. 소영이도 일어나 인사하고 교무실을 나간다.

56

선술집에 사람들이 듬성듬성 앉아있다. 민수가 친구 찬영과 술을 마시고 있다. 평소에 점잖아만 보이던 민수가 흐트러진 자세로 술을 연거푸 들이켜고 있다.

보다 못한 찬영이 민수의 잔을 빼앗으며 민수에게 묻는다.

"네 아내가 가수라는 걸 왜 그렇게까지 못 받아들였던 거야? 너 총장 되는 데 방해가 돼서?"

민수는 술이 취한 목소리다.

"그건 이젠 다 끝난 얘기야. 무엇보다 가수 아무개 남편이라고 불리는 게 싫었고. 와이프가 노래한다고 밖으로 도는 것도 싫었어."

찬영이 한숨을 쉬고 민수를 다독인다.

"네 심정도 이해는 가지만, 요즘은 세상이 많이 변했어. 정희 씨 노래는 썩히기 아까운 재능이잖아? 나 같으면 그런 아내 기꺼이 지원해 주겠다."

민수는 지원이란 말이 낯선 듯 말없이 씁쓸하게 웃는다. 찬영은 민수의 어깨를 가볍게 툭 친다.

"요즘은 부부란 서로의 성장을 도와주는 관계라고 하잖냐.

지금 정희 씨에겐 무엇보다 네 응원이 제일 필요할 때다."

57.

민수가 강의실에서 수업을 마치고 정리를 하며 학생들에게
말한다.

"리포트는 교탁 앞 책상에 두고 가."

학생들은 짐을 챙기고 한 명씩 차례대로 나와서 리포트를
제출하고 나간다.

그때 두 여학생이 리포트를 내며 민수에게 이야기한다.

"교수님, 사모님께서 Challenge to the Singer에 나온 라라
씨라고 들었어요, 저희 아빠가 엄청 팬이에요."

그 이야기에 주변 학생들이 술렁거린다. 민수는 당황하며
말한다.

"그런 거 볼 시간 있으면 기말 공부나 더 하라고!"

이번엔 다른 학생이 이야기한다.

"라라 씨 인터뷰 보니까 교수님 뒷바라지하시느라 그동안

노래 못하신 거 같은데 이제 교수님이 팍팍 밀어주세요."

"오! 그러세요. 교수님!"

학생들이 그 말에 너도나도 호응한다.

민수는 학생들한테 말한다.

"자자. 쓸데없는 말 하지 말고 빨리 리포트 제출하고 가서 공부나 하지."

학생들은 새로운 소식에 신이 난 듯 시끌벅적 떠들며 나간다.

학생들이 전부 나간 강의실에 민수는 혼자 남아 생각에 잠긴다. 리포트를 챙겨서 가방에 넣고 다 마셔버린 빈 플라스틱 물병을 응시한다. 그동안 자신 때문에 정희가 비워진 물병이 되어 버린 것 같은 생각이 슬그머니 든다.

58.

병실 안으로 들어서는 민수의 손에 집에서 챙겨온 가방이 들려있다. 정희가 창가에 서서, 멍한 눈빛으로 창밖을 바라보고 있다. 민수는 가방을 내려놓고 정희에게 다가가 조심스레 정희의 어깨에 손을 얹는다.

그때, 병실 밖의 덜 닫힌 병실 문틈 사이로, 병실을 살피는 소영의 얼굴이 보인다.

민수가 나직하게 정희를 부른다.

"여보, 그동안 내가 당신 너무 힘들게 했어…."

정희는 여전히 창밖만 바라보며 민수와 눈을 마주치지 않는다.

그때 교복 차림의 소영이 울며 병실로 뛰어 들어온다. 소영은 가방에서 정희가 집 나갈 때 남겼던 편지를 꺼내어 정희 앞에 내민다.

"엄마, 나 이 말은 해야겠어. 나, 학교에서 철민이와 싸웠어. 걔가 엄마가 가수라, 아빠가 총장 떨어졌다고 했어. 걔네 엄마도 엄마를 비난했고. 그래서 난 그 아줌마 말 틀렸다고 대들었어. 그러니 엄마, 나한테 미안하면 기죽지 말고 엄마 하고 싶은 거 해. 그래서 당당한 엄마 모습 보여줘! 보여 달라고! 그게 나한테 미안하지 않은 거야! 이딴 거나 쓰지 말고!"

소영이 울며, 정희의 편지를 병실 바닥에 내던지고 뛰쳐나간다. 바닥에 흩어진 편지지를 내려다보며 정희와 민수가 허탈한 표정을 짓는다.

정희의 눈에 눈물이 고인다.

"나, 당신에게 이런 내 모습, 소영이에게 이런 엄마 모습, 더 이상 보이고 싶지 않아요. 당신과 더는 같이 하고 싶지 않아요."

민수는 놀라며 울컥해진 목소리로 정희의 말을 막는다.

"무슨 소리야?! 안 돼! 용납할 수도 없어. 다신 그런 말 하지 마. 다시는!"

무표정한 정희의 눈가가 파르르 떨린다.

59.

입원 중인 병원의 정신과 진료실.

정희가 의사와 마주 앉아 상담치료를 받고 있다. 정희는 의사가 건네주는 티슈로 눈물을 닦는다.

"이렇게 말씀을 드리고 나니 마음이 후련하네요."

의사는 따뜻한 눈빛으로 정희를 바라본다.

"그동안 많이 힘드셨겠어요."

정희는 그동안의 심경을 스스로 정리해 본다.

"그동안 엄마나 남편에게 인정받고 싶어서 저 정말 애 많이 썼어요. 그런데 결과가 이렇게 되고 보니 제가 너무 초라한 존재인 것만 같아요."

"정희 씨는 엄마와의 관계 속에서 생긴 마더 콤플렉스Mother Complex를 겪으며 무척 힘들었을 거예요. 그걸 극복하려고 더욱 노래를 하려 했고 거기서 자신의 존재감을 인정받으려 애를 썼던 거고요."

"아… 네 선생님, 정말 그랬던 것 같아요."

"정희 씨는 응원해 주지 않는 사람들 사이에서도 본인의 꿈을 붙들고 여기까지 왔어요. 그건 대단한 용기와 열정이에요."

정희는 의사에게 확인받고 싶어 조심스레 묻는다.

"정말이요?"

"그럼요!"

의사가 확신을 주듯 힘주어 말한다.

"이제 상처받은 정희 씨의 내재아를 다독여 주세요. 성인이 된 지금의 정희 씨가 위축되었던 그 아이를 밝게 재양육Reraise 시켜주는 거예요."

정희가 놀라며 조심스레 묻는다.

"어떻게요?"

"그 아이가 원하는 것에 귀 기울여 보세요. 그 아이의 욕구와 재능을 인정해 주세요. 그리고 밝고 행복하게 정희 씨와 함께 하는 거예요."

"제게 그럴 힘이 있을까요? 전 늘 실수만 하고 인정도 못 받는 실패자였어요."

"사람은 누구나 다 잘 할 수는 없어요. 때론 실수하고 쓰러지고 실패하죠. 정희 씨가 그런 걸 너무 두려워하지 않았으면 해요. 남의 시선, 특히 엄마나 남편의 시선에 갇히지 않기를 바라요. 자신이 최선을 다했으면 그걸로 된 거예요. 실패의 경험도 밑거름이 되어서 더 단단하고 성숙한 자아를 만들어 갈 수 있는 거죠. 그렇게 하고 나면 다시 일어설 수 있는 힘도 생기는 거고요."

정희가 다짐하듯 묻는다.

"저 극복하고 다시 시작할 수 있을까요?"

의사는 고개를 끄덕이며.

"그럼요. 지금 정희 씨에겐 자신을 찾을 힘이 생기고 있는 거예요."

"그럴까요? 적어도 '미움받을 용기'는 생긴 것 같아요. 아니 이제 '저 자신을 존중할 용기'도 가져 볼래요."

"좋은 생각이에요! 기본적인 자존감이 본인 안에 있었기에 꿈과 열정이 있었던 거죠"

정희는 잠시 생각에 잠기다 말문을 연다.

"어릴 적 아버지가 저를 인정해 주시고 공감해 주셨던 사랑, 그건 '라라'라는 이름의 선물이었어요. '라라'가 자존감의 씨 앗으로 제 무의식에 자리하고 있던 것 거예요.

"맞아요! 거기에 정희 씨의 재능이 꽃피워지면 자신감이 더 해져 건강한 자아, 더 단단한 자존감을 가질 수 있어요. 정희 씨는 재능이 있잖아요? 이런 게 살아 볼 만한 '인생의 맛'이라 고나 할까요?"

이제 정희는 다소 여유 있는 표정이 된다.

"요리만 맛을 내는 게 아니로군요. 우선 건강한 식재료가 되 어야겠어요. 건강한 자아, 자존감이요!"

정희가 찡끗 웃자, 의사도 미소 지으며 덧붙인다.

"인생이란 '나'라는 소중한 생명체가 여러 가지 경험을 통 해 자신을 통합해 가는 과정이에요. 정희 씨는 잘 해나가실 거 예요."

정희는 안도의 미소를 짓는다.

"네 고마워요 선생님. 노력해 볼게요. 저도 소중한 생명체이니까요.”

정희는 실로 오랜만에 누군가에게 공감과 힘을 받은 것 같다. 숨통이 트이고 마음이 따듯해져 옴을 느낀다.

60.

정희가 퇴원하는 날이 되었다. 병원 원무과 앞에서 민수가 퇴원 수속을 밟고 있다. 그 앞 의자에 정희가 퇴원할 짐을 꾸린 가방을 옆에 놓고 덩그러니 앉아 있다. 수속을 끝내고 온 민수가 정희에게 손을 내밀며 말한다.

“여보, 이제 우리. 집으로 가는 거요.”

그러나 정희는 민수의 손을 외면한다.

그때 정희는 복도 한곳을 보며 누군가에게 손을 흔든다. 수연이다.

정희는 가방을 들고일어나 반갑게 수연에게 다가간다. 미리 약속이나 한 듯 수연의 손을 잡고 뒤도 돌아보지 않고 병원 출입문을 향해 총총히 걸어간다. 수연이 뒤를 돌아보며 민수와 눈인사를 하고는 정희와 다시 그대로 걸어 나간다. 뒤에 남겨진 민수는 그녀들의 뒷모습을 황망히 바라보고 서 있다.

　혼자 돌아온 민수가 아파트 현관문을 열고, 힘없이 들어선다. 민수는 빈 집안을 휙 둘러본다. 허전하고 썰렁한 기운이 민수의 가슴을 헤집는다. 민수는 작은방 앞에 서서 정희가 쓴 '꿈의 공작소'라는 팻말을 바라본다. 정희와 선보던 자리에서 정희가 똘망하게 말하던 그녀의 음성이 울려온다.

　"노래하는 게, 제 꿈이에요!"

　민수는 정희가 거기에 있기라도 한 듯, 곧 방문을 열고 들어가 본다. 자신이 구박했던 정희는 거기 없다. 책상 위에 놓인 사진에 시선을 멈춘다.

　경석과 함께 웃고 있는 정희의 대학시절 사진이다. 늘 거기 놓여있었는데 오늘따라 새삼스럽게 눈에 들어온다. 정희를 보듯 한동안 바라보다가 이번엔 시선이 책꽂이로 옮겨간다. 책꽂이에 꽂힌, 커버가 낯익은 낡은 노트가 눈에 들어온다. 조심스럽게 집어 한 장 한 장 열어본다. 노트의 한 장엔 민수가 찢었던 '울 아버지'의 악보가 테이프로 조잡하게 붙여져 있다. 또 넘겨본다. '우리 집'이라는 제목 아래에 정갈하게 쓰인 가사가 보인다.

송송송 파를 썰어 콩나물국 끓이면
시원한 국물맛 감칠맛 난다
숭숭숭 무를 썰어 나박김치 담그면
슴슴한 국물맛 그이 좋아 하겠네

창밖은 저녁노을 하루를 마감하고
집으로 돌아오는 발길 어서 오세요.
정성 담은 내 손맛 사랑담은 내 마음
저녁 식탁에 웃음꽃 스위트홈 우리 집.

정희가 가끔 홍얼거렸던 노래, '우리 집'이 민수 귓가에 맴돈
다. 그리고 자신을 부르는 정희의 음성이 들려온다.
'여보, 다 됐어요. 어서 식탁으로 오세요.'

민수의 코끝이 찡해온다. 민수는 자신도 모르게 정희 사진
을 보면서 소리친다.
"안돼! 당신이 없으면 안 된다고!"

민수의 눈에 눈물이 감돈다. 민수는 잠시 마음을 가라앉히기 위해 정희 책상에 가만히 앉아본다. 책상 위에 놓인 탁상용 달력에 12월 28일 날짜에 써넣은 정희의 글씨체가 눈에 들어온다. '내 생일'이라고 쓰여있다. 민수가 달력을 보며 생각에 잠긴다.

61.

그 해 겨울 12월은 유독 눈이 자주 내렸다. 그럴 때면 정희 마음에도 눈꽃이 내려 스산하게 흔들렸다. 그렇게 차가운 바람과 함께 겨울이 오고 있었다.

정희가 수연이네 아파트로 온 지 두 달째 되는 12월 말 어느 일요일 오후.

수연이네 아파트 거실에서 정희와 수연이 앉아 차를 마시고 있다.

딩동.

초인종 소리가 울려 수연이 인터폰을 본다. 민수가 서 있다.

"저, 소영이 아빱니다."

수연이 정희를 한번 돌아보더니, 더 이상 정희의 반응을 기다리지 않고 곧 현관으로 가 문을 열어준다.

민수가 문밖에서 수연에게 무슨 말인가를 하며 봉투 하나를 건네고 돌아가는 것 같다.

수연이 정희에게 다가와 민수가 주고 간 봉투를 거실 탁자 위에 올려놓는다.

"열어봐."

수연은 말없이 자기 방으로 들어간다.

정희는 그냥 그대로 창밖을 내려다보고 있다. 수연의 집에서 나간 민수가 저만치 걸어가 아파트 모퉁이를 돌아가고 있다. 그의 뒷모습이 그 답지 않게 작아 보인다. 겨울 찬바람에 앙상한 나뭇가지들이 흔들리듯 민수도 저 차가운 겨울바람에 휘청거리며 걸어가고 있다는 건 정희의 착각일까?

길모퉁이를 돌아간 그는 이내 보이지 않는다.

잠시 후, 정희가 소파로 돌아와 탁자 위에 놓인 봉투를 바라보다가 봉투에서 보온병과 조그만 보석함 상자와 카드를 꺼내놓는다. 그리고 카드를 펼쳐본다.

민수의 필체로 쓴 카드가 눈에 들어온다.

그동안 당신 생일 한번 제대로 챙겨 주지 못했구려.

당신한테 나 너무 무심했지.

그동안의 우리 집은 황량한 벌판 속 빈집 같았어.

견디기 힘들었지.

당신과 함께 하고 싶어.

나, 다시 프러포즈 하면 받아줄 거야?

- 당신을 기다리는 정민수

정희는 카드를 내려놓고 긴 숨을 내쉰다. 그리고 보온병 뚜껑을 천천히 열어본다. 김이 모락모락 올라온다. 소고기 미역국의 훈훈한 냄새가 오늘이 자신의 생일임을 알려준다.

이번엔 작은 상자를 열어본다. 예쁜 꽃핀이 들어있다. 정희는 놀라는 표정으로 꽃핀을 한참 동안 바라본다.

그리고 눈을 감는다.

대학 방송실 앞에서 수줍은 듯, 머뭇머뭇 프러포즈를 하던, 그때의 청년, 민수가 정희 앞에 서 있다.

왜냐고 묻는 정희에게 민수가 순진한 소년처럼 밝게 대답한다.

"정희 씨의 순수함이 좋습니다."

민수는 수줍고 망설이는 표정으로 정희에게 그녀가 떨어뜨렸던 핀을 내민다.

"이거…."

그의 손안에 그녀의 꽃핀이 들려있었다. 대학 때 친구들과 어울려 남대문 시장에 갔다가 주얼리 가게에서 샀던 꽃핀이었다.

정희는 눈을 뜨고 조금 전에 민수가 주고 간 보석함 안의 또 다른 꽃핀을 꺼내 살며시 쥐어 본다. 그가 새롭게 산 꽃 핀.

거실 창밖엔 나뭇가지 위에 얇은 벚꽃 같은 하얀 눈이 한잎 두잎 시나브로 내려앉는다.

눈이 내리는 날이면 생각나는 노래들이 있다. 아다모Adamo 의 프랑스 초콜릿처럼 달콤한 목소리의 '눈이 내리네Tombe la Neige'도 좋아하지만, 지금 정희에겐 닐 영Neil Young의 진솔한 목소리의 '하트 오브 골드Heart of Gold'가 더 듣고 싶다. 정희는 추울 때 '하트 오브 골드Heart of Gold'를 들으면 따듯한 장작 불을 쪼이는 듯 가슴이 따듯해지곤 했다. 닐 영의 어눌한 듯 한 창법과 소탈하게 후후 불어대는 하모니카 소리가 불꽃이 타닥타닥 타들어 오는 소리처럼 훈훈하게 가슴을 두드리기 때문이다.

그때 방에서 나온 수연이 정희 앞에 놓인 보온병을 들고 싱크대로 가져가며 한마디 한다.

"와 미역국 냄새가 구수하다. 오늘 민수 씨 덕분에 우리 미역국에 밥 말아 먹겠네. 김장한 깍두기 얹어서 맛있게 먹자구."

62.

다음날 늦은 밤.

아파트 앞에 택시가 멈춰 섰다. 정희가 가방을 들고 택시에서 내린다. 오래된 외출에서 돌아온 자신의 동네. 가로등 불빛을 받고 있는 나뭇가지엔 흰 눈이 목화솜같이 뭉게뭉게 얹혀있다. 정희는 정감 어린 눈빛으로 아파트를 바라본다. 다시 고향에 온 거다.

정희가 자신의 아파트 현관문을 열고 조심스럽게 들어간다. 밤늦게까지 누군가를 기다리는 게 습관이 되어버린 민수가 소파에 앉아있었다. 현관에서 나는 인기척에 민수가 재빨리 현관으로 나온다. 서서 머뭇거리고 있는 정희와 민수의 눈이 마주쳤다. 민수는 말없이 정희의 가방을 받아서 내려놓고 정희를 꼭 껴안는다. 처음 그녀를 안아 보는 것처럼 민수의 가슴에 싸한 느낌이 스며든다. 그러나 정희는 왠지 어색하고 불편하다. 다시 주인 손아귀에 갇힌 병아리처럼. 정희는 민망한 듯 민수의 품에서 슬쩍 빠져나와 소영의 방문을 본다.

민수가 소곤거리듯 말한다.

"소영인 잠들었어."

정희는 가방을 들고 자신의 작은 서재로 조용히 들어간다.

닫힌 정희의 서재의 문 앞에 민수가 머쓱하게 서 있다. 그래도 아내가 돌아와 주어 기쁘다. 이제 집에 사람이 사는 것 같다. 비로소 안심이 된 민수는 거실의 등을 끄고 혼자 안방으로 들어간다.

집에 온 지 며칠이 지나 정희가 피아노 앞에 앉아 굳게 닫혀 있는 피아노의 뚜껑을 조심스레 열어본다. 그리고 '유 레이즈 미 업You raise me up'을 반주하며 노래를 읊조려 보다 이내 멈춘다.

한동안 물끄러미 피아노 건반을 쳐다보다가, 씁쓸한 표정으로 피아노 뚜껑을 닫는다. 정희는 하루하루 안정감을 회복해

가려고 노력하고 있지만 우울감이 그렇게 빨리 사라지진 않는 모양이다.

정희는 우울감에서 벗어나고 싶은 마음에 뭔가 보람과 활력을 느낄 수 있는 일을 떠올려 봤다. 봉사활동! 혼자서 잘할 수 있을지 용기가 나지 않았지만 일단 부딪혀 보기로 했다. 인터넷에서 노인 요양병원을 찾아 그곳 담당자에게 섭외를 하고 기다렸더니 와달라는 연락이 왔다.

달걀을 찌고 카스텔라를 사서 그곳을 방문했다.

병원 1층 로비에 들어서니 약간의 지릿한 기저귀 냄새가 났다. 1층 로비를 지나 사랑방 홀에 다다르니 할머니 할아버지들이 의자에 혹은 휠체어에 앉아 처진 표정으로 모여앉아 있었다.

정희는 자기소개와 인사를 하고 간단한 놀이들을 해보자고 했다. 치매 예방에 좋은 놀이였다.

먼저 단어를 거꾸로 말해보기로 한다. 정희가 문제를 내었더니 답들이 쏟아진다.

"금수강산을 거꾸로 말해보시겠어요?"

"강산금수요."

"산강수금이요."

정희가 웃으며 맞는다고 하자 맞힌 할아버지가 환호성을 지르고 나와 카스텔라를 타가며 애들처럼 신나한다.

다음엔 손과 머리를 동시에 움직이는 놀이를 시작하겠다고 했다. 처음과는 달리 그들의 눈빛이 차츰 반짝거리기 시작했다. 정희가 자신의 두 손으로 가위바위보를 내며 자신들의 왼손이 항상 이기도록 하는 가위바위보 놀이를 시도했다. 머리의 순발력 연습이 되는 놀이다. 할아버지 할머니들이 생기를 찾아가며 즐거운 표정으로 양손을 폈다 오므리며 가위바위보를 낸다. 자신이 하는 일인데도 왜 이렇게 안 되냐며 깔깔대고 애들처럼 난리다.

놀이가 끝나자 정희 노래를 기다리던 할머니 할아버지들이 이제 빨리 노래가 듣고 싶다고 졸라댔다. 정희는 가져간 기타로 반주를 하며 '중년은 아름다워'를 불렀다. 할머니 할아버지들이 고개를 끄덕이며 동감이라며 응원 박수를 보낸다. 그다음 곡으로 '재회'를 불렀다. '재회'를 듣고 난 한 할아버지는 눈물을 글썽이며 정희에게 다가와 말을 건넨다.

"젊을 적 내 얘기를 듣는 것 같어. 가슴에 묻고 있던 그 사람, 이제 행복하길 바랄 수 있을 것 같혀."

정희도 돌아가신 아버지를 생각하며 그분 손을 꼭 잡아드렸다.

이번엔 정희가 반주기에 맞춰 신나는 곡으로 DJ DOC의 'DOC와 춤을'을 부른다.

춤을 추고 싶을 때는 춤을 춰요. 할아버지 할머니도 춤을 춰요. 그깟 나이 무슨 상관이에요? 다 같이 춤을 춰봐요. 이렇게~

정희가 스텝을 밟으며 노래를 부른다. 흥에 겨운 한 할머니가 다가오자 정희는 그 할머니와 손을 잡고 같이 춤도 춘다. 정희는 예전에 노래 강사 할 때 들었던 숙맥은 이제 아닌 것 같다.

내 어머니, 아버지 같으신 분들, 오래 건강하시라고 인사하고 병원을 나왔다. 집으로 돌아오는 내내 정희 마음도 따뜻해짐을 느꼈다. 요양병원의 지릿한 냄새도 이제 그렇게 낯설지 않게 여겨진다. 우리도 언젠가 그렇게 될 날이 올 거니까.

그 후로도 정희는 다른 시설들과 장애인 보호소 같은 곳들을 더 방문하면서 남에게 위안을 줄 수 있다는 것에 기쁨을 느끼며 조금씩 활기를 찾아가고 있었다.

63

오래전 예약이 돼 있었던 정신과 진료실에 정희가 들어섰다.

의사는 정희를 반갑게 맞으며 마주 앉는다.

"정희 씨, 얼굴빛이 예전보다 많이 밝아졌네요. 그동안 어떻게 지내셨어요?"

"봉사활동도 다니고, 가족들과도 잘 지내고 있어요.

"좋은 소식이네요."

정희가 다시 말을 잇는다.

"요즘은 예전 영화들을 골라 봐요. 얼마 전에 대학 때 봤던 '초원의 빛'이라는 영화를 다시 봤어요. 거의 끝부분쯤에서 주인공인 나탈리 우드의 엄마가 그녀에게 하는 변명이 마음에 와닿았어요."

"무슨 이야기인데요?"

"세상에 완벽한 부모는 없다는 그런 내용이었어요. 그의 엄마도 자신이 어렸을 때 부모로부터 받은 말과 행동들을 그대로 딸에게 자신도 모르게 답습하게 되었대요. 그 엄마의 미안해하는 변명이었어요. 그래요 완벽한 부모는 없는 것 같아요."

의사는 고개를 끄덕인다. 정희는 이어서 말한다.

"엄마를 조금은 이해할 것 같았어요. 외할머니로부터 의사가 된 이모와 자신이 비교되면서 상처를 받으셨고 그걸, 저를 통해 보상받으려 하셨던 거예요. 그 과정에서 엄마와 난 서로 힘들었던 거고요"

"어머니에 대한 이해의 폭이 커지셨군요."

정희가 밝게 웃으며 대답한다.

"네. 그런 것 같아요."

의사도 미소 짓는다.

잠시 후 정희가 다시 말한다.

"그 영화 마지막 신scene이 정말 인상적이에요. 여주인공인 나탈리 우드가 첫사랑이던 남자친구 웨렌 비티를 만나보고 돌아가는 택시 안에서 되뇌었던 시, '초원의 빛Splendor in the Grass'은 지금도 가슴에 깊이 남아요. 선생님도 잘 아시겠지만요."

의사가 정희에게 '초원의 빛'을 들려달라고 하자 정희가 나지막히 시를 읊는다.

초원의 빛이여 꽃의 영광이여.

그 시절이 다시 되돌려지지 않는다고 해도

나는 그 속에서 빛의 영광, 그 영롱함을 찾으리…

정희가 말을 잇는다.

"여주인공이 그 시를 떠올리며, 상처를 이겨내고 새롭게 자신을 찾아가는 모습이 참 아름다웠어요."

의사가 공감하며 고개를 끄덕인다.

"자신이 감동받고 애차을 느끼는 영화에는 이유가 있어요. 그 주인공에게 자신의 감정이입이 될 때 카타르시스를 느끼기 때문이죠."

정희는 잠시 침묵하더니 다짐하듯 말을 잇는다.

"선생님, 저도 푸르렀던 시절의 영롱한 빛을 키워나가고 싶었어요."

정희의 눈에 눈물이 맺힌다.

"정희 씨는 지금까지도 그래왔고, 앞으로도 충분히 그러실 수 있을 거예요."

"선생님 덕분이에요."

"자신의 의지와 노력의 결과죠."

의사가 따뜻한 미소를 보낸다.

정희는 이 치유의 시간들이 앞으로 살아가는 데 큰 힘이 될 거라고 믿으며 이제 진료를 마무리하기로 했다. 정희는 의사 선생님께 감사한 눈빛으로 목례를 하고 진료실을 나왔다.

병원 밖의 거리는 노랗게 물든 가로수 잎들로, 가을이 깊었음을 실감케 했다. 정희는 바닥에 뒹구는 나뭇잎들을 사뿐히 즈려 밟는다. 바스락거리는 낙엽 소리가 정겹게 느껴졌다. 예전에 윤주랑 낙엽 깔린 교정을 내려가며 서로 한 구절씩 주고받았던 레미 구르몽Remy Gourmont의 '낙엽'의 시구를 떠올린다.

"시몬, 너는 좋으냐 낙엽 밟는 발자국 소리가?"

그때 윤주가 했던 말이 떠오른다.

"정희야, 이다음에 넌 가수, 난 작가가 될까? 깔깔깔"

윤주는 뉴욕에서 잘 살고 있을까?

낙엽의 축축한 냄새가 친구에 대한 그리움처럼 깊이 스며든다. 철부지였던 학창 시절이, 정말, 그때 읽었던 소설의 책 제목처럼 '머무르고 싶었던 순간들'이었다.

병원 앞 정류장에서 정희는 집으로 가는 버스를 탔다. 버스 안 라디오 방송에서 노래들이 흘러나오고 있다. 잠시 후 희미하게 들리는 진행자의 멘트에 이어 귀에 익은 노래가 나오고 있었다.

중년은 아름다워

1절

내 나이 중년이 되면 인생이 뭔지 알 것 같았어

중년은 어느새 성큼 왔는데 난 아직도 인생을 몰라.

막연한 동경 속에서 설렘에 잠 못 이루고

이름 모를 갈증 속에서 목마름에 애가 탄다.

내 자신을 찾아볼 거야

이제부터 시작할 수 있어.

중년은 아름다운 거야 내 나이가 어때서 그래~

2절

내 나이 중년이 되면 사랑이 뭔지 알 것 같았어.

중년은 어느새 성큼 왔는데 난 아직도 사랑을 몰라.

막연한 동경 속에서 설렘에 잠 못 이루고

이름 모를 갈증 속에서 목마름에 애가 탄다.

내 자신을 찾아볼 거야

이제부터 시작할 수 있어.

중년은 아름다워

내 나이가 어때서 그래~

MUSIC

중년은
아름다워

정희는 순간 그 노래에 울컥한다. 바로 자신의 노래였다!

'아! 저 노래가 내 노래 맞나?'

자신의 노래가 아닌 듯, 다른 노래가 되어 지금 자신을 울리고 있다. 노래에 대한 목마름이 갑자기 목구멍까지 솟아올라오고 있었다. 뜨거운 눈물이 볼을 타고 있었다.

집으로 돌아오자 정희는 곧 서재로 가 노트북을 켰다. 한동안 키보드 위에 올려진 손가락이 머뭇거리더니 심호흡을 하고 이내 검색창에 '가수 라라, 이정희'를 쳤다. 모니터 화면에 자신에 관한 내용과 댓글들이 주르륵 뜬다. 정희는 놀란다.

인터넷 화면에 댓글들이 스크롤바의 이동에 따라 눈에 들어온다.

댓글 1 : 주부로서 열정을 버리지 않고 노래에 작곡, 작사까지….

와~ 대단해요. 응원합니다.~^^

댓글 2 : 긴 시간 동안 포기하지 않고 꿈을 키워나가는 가수 라라, 이정희 씨에게서 큰 힘을 받습니다.^^

댓글 3 : 라라 씨의 '슬퍼하지 마'는 슬픔에 빠진 나를 위로해 주었어요.

댓글 4 : '재회'가 가슴을 적십니다. 눈물이 흐르며 힐링이 돼요.

댓글 5 : '울 아버지'를 들으면 아버지 생각에 가슴이 뭉클해지네요. ㅠㅠ

정희는 모니터 화면을 보며 코 끝이 찡해진다.

'아, 사람들이 아직도 내 노래를 잊지 않고 좋아해 주고 있었구나.'

모니터 화면을 보고 있던 정희가 서랍에서 뭔가를 꺼낸다. 그리고 어제 통장정리 해온 통장의 내역을 꺼내 펼쳐본다.

통장 내역

(20××).09.14. 한국 음악 저작권료 101,820원

(20××).09.24. 음악신탁 221,778원

(20××).09.26. 음악실연자협회 58,404원

'큰돈은 아닐지 모르지만, 이 숫자는 나의 존재감을 느끼게 해줘. 다시 노래하고 싶어. 곡들을 정비해 보자!'

정희가 피아노로 시선을 돌린다. 건반 앞에 앉아 조심스럽게 피아노 뚜껑을 열고 '재회'를 새롭게 편곡하여 연주하기 시작한다.

며칠 후 정희가 샛별기획 사무실에 들러 박 사장을 만났다.

정희는 지난 공백기의 심정을 말하며 새로운 제안을 한다.

"'재회'를 다시 편곡해서 여러 나라 버전으로 불러 다시 시작하고 싶어요!"

박 사장은 정희의 제안을 받고 잠시 생각에 잠기다가 입을 연다.

"요즘 SNS에서도 그렇고, 인터넷 방송에서 정희 씨 곡이 식지 않고 꾸준히 올라오는 걸 보고, 정희 씨 생각을 하긴 했어요. 그래요. 다시 한번 해 봅시다!"

4부

슬퍼하지마

64.

정희가 녹음실과 집만을 오갔던 1년의 산고 끝에, 새로운 '재회' 음반이 완성되었다.

〜

저녁 6시. 퇴근하는 민수가 차 안에서 라디오를 들으며 운전을 하고 있다.

"다음 들으실 곡은 오늘의 게스트 싱어로 나오신 라라 씨의 '재회'입니다."

정희의 노래가 나오자 민수는 반가운 미소를 짓는다.

민수는 집 동네에 다다라 그린마트에 차를 세우고 마트 안으로 들어간다.

부엌 싱크대 위엔 요리책이 펼쳐져 있다. 앞치마를 두른 민수가 프라이팬에 불고기를 볶고 있다. 식탁 위엔 이미 완성한 음식들이 올려져 있다. 된장 뚝배기, 상추와 깻잎. 민수는 마지막으로 빈 접시에 프라이팬에서 익힌 불고기를 쏟아놓는다.

그때 현관 열리는 소리가 들린다. 정희가 방송국에서 돌아온 모양이다.

정희가 부엌으로 오며 묻는다.

"당신 뭐 하고 있어요?"

"당신 좋아하는 불고기! 나 요리 실력이 많이 늘었다고."

정희가 놀라는 눈빛으로 남편을 본다.

"아 맞아요. 그때 내 생일에 끓여다 준 미역국도 맛있었어요."

민수가 웃으며 말한다.

"나 요리사로 직업 전환할까? 세프 정민수! 멋있지 않아? 하하"

"오! 정말? 잘 어울릴 것 같아요. 이제 저 맛있는 거 많이 먹겠네요."

민수도 멋쩍게 웃고 나서 화제를 오늘 방송으로 돌린다.

"여보, 방송 잘 들었어. 당신 인터뷰 잘하던데?"

정희가 쑥스러워하며 미소 짓는다.

"어머, 정말요? 이렇게 활동할 수 있는 거, 당신 덕분이에요."

민수도 멋쩍게 웃으며.

"그래?"

민수는 잠시 긴 호흡을 내쉰 뒤 말을 잇는다.

"연예계라는 그 어려운 데서 주부인 당신이 뒤늦게 가수가 되겠다고 맨땅에 헤딩해대는 모습이 안쓰러웠어. 그런 걸 보는 나도 많이 힘들었지. 하지만 그 긴 세월 동안 여러 가지 고비들을 견뎌내면서, 이 가정을 잘 지켜온 당신이 대견하고 고마웠어."

말을 한 민수는 머쓱해 한다. 민수를 바라보던 정희의 눈이 촉촉해진다.

민수는 잠시 뜸을 들이다 고백하듯 다시 말을 꺼낸다.

"이제 와서 말하긴 좀 그렇지만, 나, 사실은 당신이 나갔던 '챌린지' 대회 이후부터 당신 팬이 됐어."

정희가 놀란다.

"어머, 당신, 그걸 봤어요?"

"그래. 나 그 프로 봤어 소영이랑. 정말 잘하더라, 당신."

"그런데 당신, 왜 그동안 그렇게도 모질게⋯ 반대했던 거예요?"

민수는 망설이다 다시 말을 잇는다.

"가수 아무개 남편이라고 불리는 게 싫었어. 당신이 노래한다고 밖으로 도는 것도 싫었고. 당신이 유명해지면 난 더 작아질 것 같고⋯ 그러다 당신이 내 곁을 떠날지도 모른다는 못난 생각까지 들더라고."

말을 끝낸 민수는 숨겼던 속마음을 고백한 소년처럼 상기되었다. 그런 민수를 바라보는 정희의 눈에 눈물이 그렁해진다.

"당신이 그런 말을⋯ 할 줄 몰랐어요. 고마워요. 저도 그동안 미안했어요. 저 때문에 당신 총장에서도 낙마하게 되고⋯, 저 가수한다고 당신 힘들고 외롭게 한 거 알아요."

정희는 말을 더 잇지 못하며 눈물을 흘린다.

민수는 정희를 가만히 품에 안는다.

"여보, 라라, 이정희 씨."

정희는 민수의 품에 안겨 그동안 못 흘렸던 눈물을 하염없이 쏟는다.

　정희는 민수 품을 처음 느끼는 것 같다.

　정희가 눈물 젖은 한눈을 찡긋하며 웃는다.

　"나 노래하는 것, 당신보다 더 좋아하진 않을게요."

　민수가 웃으며 정희를 다독인다.

　"어서 옷 갈아입고 와. 이제 밥 먹자구."

　잠시 후. 정희가 식탁에 앉는다.

　정희가 숟가락을 들자, 민수가 깻잎으로 야무지게 싼 쌈을 정희에게 내민다.

　"자, 불고기 쌈."

　정희가 어색한 미소를 지으며 받아먹는다. 그걸 보는 민수의 얼굴에 행복이 감돈다. 이렇게 한 지붕 아래서 한솥밥을 나누며 같이 할 수 있는 소중함과 감사함을 두 사람 모두 깨닫는다.

　식탁 위의 젓가락질 소리가 나직하고 따듯하게 들린다.

65.

안방 침대 옆 탁자 위의 스탠드 조명이 은은하게 비춘다. 그 옆엔 집 전화기가 놓여있다.

민수가 침대 머리맡에 기대어 책을 읽고 있다. 책 표지엔 미셸 푸코의 '주체의 해석학'이라 적혀있다. 정희는 화장대에서 기초화장을 마무리하고 있다. 거울을 보면서 문득 서정주 시인의 시구를 떠올린다. 먼 뒤안길에서 돌아와 거울 앞에 선 마음으로 자신을 들여다본다.

젊은 날 파릇한 감성에 젖었던 사랑은 이젠 아련한 추억 속으로 보낸다. 미운 정 고운 정으로 긴 세월을 같이한 남편이란 존재, 이제 서로의 흰머리를 소담스럽게 바라봐 주며 남은 인생 여정의 숲길을 같이 걸어갈 사람. 이제 내가 사랑해야 할 소중한 사람이다.

민수가 푸코의 '자기 배려'에 공감한다고 말하며, 책을 덮는다.

정희가 화장을 마치고 침대로 들어오자 민수는 정희에게 가까이 다가와 그녀의 등을 살며시 안는다. 평소보다 1℃쯤 달궈진 그의 체온이 오늘따라 따듯하게 느껴진다. 두 사람 사이에 야릇한 기운이 감돈다.

그때 침대 옆 탁자 위에서 집 전화벨이 크게 울려댄다.

따르릉―.

정희가 정신을 가다듬으며 전화를 받는다.

"네, 이모, 뭐라고요?"

전화를 받는 정희의 손이 떨린다. 전화기가 손에서 바닥으로 미끄러진다.

66.

S 대학 병원 입원실에 금자가 침대에 누워있다. 옆에 선 의사가 소견을 말한다.

"뇌졸중 수술은 잘 된 걸로 보이지만, 이제 연로하셔서 지금 뭐라고 말씀드리긴 어렵습니다."

정희가 걱정스러운 표정을 짓는다.

"그럼 어떻게 하죠?"

"후유증으로 인지장애나 언어장애가 올 수 있습니다. 시간을 가지고 지켜보시죠."

의사가 병실을 나가자 정희는 금자의 침상 곁으로 가 앉는다. 정희의 마음에 엄마에 관한 많은 생각들이 올라온다.

정희는 외동딸로서 엄마에 대한 의무감이 늘 가슴 한편에 바위처럼 무겁게 자리하고 있었다. 무엇보다도 금자는 자신의 주장이 관철되지 않을 때면 불같이 화를 버럭 낼 준비가 되어있는 엄마였기 때문이다. 그런 엄마 밑에서 어릴 때부터 쌓여온 상처와 애증의 쇳가루들이 늘 그녀 마음속을 혼란스럽게 헤집고 날아다니며 그녀를 찌르고 흔들어댔다. 정희는 아프다 못해 슬펐다. 그리고 때론 정말이지 죽고 싶었다.

'내가 그렇게 해서 잘못되면 그때 엄마가 내 심정을 헤아려 보시겠지. 그때 엄마는 후회하실 거야.'

그러나 그건 가장 어리석은 '자학'이라고 누군가가 말해주었다. 정희도 그 말을 이해하게 되었고 그런 생각에서 빠져나오려 애썼다. 정희는 나이가 들어가면서 엄마를 받아들이려 온갖 곳들을 찾아다녔다.

"엄마가 미워요. 용서가 안 돼요…."

성당 고백소에서 신부에게 고해 성사를 하면서 펑펑 울었다. 신부은 정희에게 말해 주었다.

"언젠가 하느님이, 엄마를 용서할 수 있도록 이끌어 주실 겁니다."

정희는 그 말이 당시, 당장 위로가 되진 않았지만 그래도 그 말을 믿어보기로 했다. 그리고 성서 공부 반에 들어가서 성서를 공부히였디. 그룹으로 성시도 읽고 시로 복음도 나누는 과정에서 많은 위로와 힘을 받았다.

또 '무지개 원리'를 집필한 차동엽 신부의 CD에 담긴 강론을 들으며 영성적인 치유와 지혜를 얻었다. 차동엽 신부가 소개한 4세기 이탈리아 성서학자, 히에로니무스가 한 명언, '내가 성서를 사랑하면 성서도 나를 사랑할 것이다.'라는 말이 이상하게도 정희의 마음속 깊이 들어 왔다. 그런데 차동엽 신부가 지병으로 2019년 11월에 세상을 뜨게 되자 정희는 인생의 멘토를 잃어버린 슬픔에, 아버지에 이어서 또 한 번 죽음이라는 깊은 상실감을 느꼈다.

그러다 정희는 자신에게 위로가 되는 한 생각을 성경의 한 구절에서 찾아내었다. 그건 예수가 십자가에 못 박혀 세상을 뜰 때, 하늘을 바라보며 되뇌던 말이었다.

"아버지, 저들을 용서해 주십시오. 저들은 자신들이 무슨 일을 하는지 모릅니다."

루가복음 23장 34절이었다. 그 구절은 정희로 하여금 가슴에 박힌 못들을 하나둘씩 빼내게 하는데 신기하게도 정말 큰 힘이 되었다.

　그런데 이 구절은 우연히도 영화 '벤허'의 거의 마지막 부분에서 주인공 쥬다 벤허가 집으로 돌아와 그의 여자, 에스더에게 고백했던 말이기도 했다. 벤허가 끝까지 복수하려는 마음을 내려놓고 칼을 버리게 한 것은 예수 그리스도의 이 말 때문이었다고 했다.

　정희도 예수의 그 말을 자신에게 대입해 보기로 했다.

　"하느님, 엄마를 용서하게 해주십시오. 엄마는 딸에게 자신이 어떻게 하시는지 모르는 것 같습니다."

　정희는 생각했다.

　'엄마가 딸 가슴에 탕탕 박은 못들⋯. 그 못들이 이토록 아프게 박혀버린 줄 엄마는 모르시는 거야. 정말 엄마가 모르시니까 그러는 걸 거야.'

　정희는 가슴에 담아둔 그 위안의 답을 되뇌며, 자신의 아픔을 엄마에 대한 연민으로 바꾸어 갔다. 그리고 가슴속 깊은 곳에 까맣게 쌓인 쇳가루들과 못들을 후후 불어 날려 보내며 자신을 다독였다.

정희는 이제 엄마에 대한 애증의 강가에서 더 이상 배회하지 않기로 했다. 그리고 하느님이 보내주신 '용서'의 배를 타고 그 강을 건너기로 했다.

'엄마는 엄마이니까!'

정희가 이런 상념에 빠져있는 사이 눈을 감고 있던 금자가 정신이 돌아오는 듯 뒤척이다 눈을 뜬다. 정희는 깨어난 금자에게 가까이 갔다.

"엄마, 엄마. 이제 정신이 들어?"

"저, 저, 정…."

금자는 정희를 부르려 애를 쓰지만 발음이 안 돼 답답한 표정만 짓는다.

"엄마, 뭐라고? 엄마 말을 해봐! 내 말은 들려?

정희도 답답해서 애가 탄다.

금자는 말을 하지 못하고 눈을 질끈 감는다. 금자의 눈에 눈물이 맺힌다. 정희도 눈을 감은 금자의 머리를 어루만지며 울컥해진다.

"엄마! 걱정 마! 재활치료 열심히 받자고요. 그럼 좋아질 수 있을 거야."

금자의 눈물이 뺨을 타고 흘러내린다.

그때 간호과장이 다른 간호사와 함께 들어와 링거를 점검하고 뭔가를 지시한 뒤, 정희를 눈여겨보고 나간다.

다음날 정희가 금자를 위한 음식들을 싸 들고 병실 안에 들어섰을 때, 마침 간호과장과 마주치게 되었다. 간호과장은 금자에게 링거를 꽂아놓고 링거 수위를 조절하고 있다가 정희를 보고 반가운 표정을 짓는다. "저 혹시 가수 라라 씨 아니신가요? 오래전 TV에서 본 적이 있어요. 저 팬이에요. 라라 씨 노래, '재회'를 너무 좋아해요."

정희는 감사하다고 말하며 눈인사를 한다. 이어서 간호과장이 말한다.

"마침 3주 후에 저희 병원에서 자선행사 콘서트가 예정되어 있어요. 거기에 동참해 달라는 부탁을 드려도 될까요? 제가 행사 팀에 말해보고 싶어요."

정희는 머뭇거린다.

"글쎄요. 갑자기 받은 부탁이라…."

정희가 선뜻 답을 못하자 간호과장은 다시 말한다.

"그럼 생각해 보시고 답을 주시면 감사하겠습니다."

"네 초대해 주셔서 고마워요. 생각해 보겠습니다."

간호과장은 미소를 보내며 병실을 나간다.

그때 상황을 지켜보던 금자가 손짓으로 정희에게 탁자 위에 놓인 메모장과 펜을 달라고 손짓한다. 정희가 메모장과 펜을 건네자 금자가 어눌한 손놀림으로 어설프게 글씨를 삐뚤빼뚤하게 겨우 쓴다.

너 노래하는 모습 보고 싶다.

순간 정희는 큰 목소리로 금자에게 말한다.

"뭐라고요? 엄마가 내 노래를 듣고 싶다고? 엄만 내가 노래하는 거 싫어했잖아."

금자는 고개를 저으며 다시 떨리는 손으로 힘겹게 쓴다.

정희야, 엄마의 마지막 부탁이다.

금자는 눈물이 글썽 해진 눈으로 정희의 눈을 들여다본다. 생각지도 못한 엄마의 간절함에 놀라며 정희도 마음이 울컥해진다. 하지만 선뜻 금자의 부탁에 동의가 되질 않는다.

"싫어! 그래도 엄마 앞에선 노래 못 부를 것 같아! 엄마 앞에

선 딸꾹질이…."

금자는 딸꾹질이 뭘 의미하는지 모르는 듯 의아한 표정으로 정희를 올려다본다.

정희는 고개를 저으며 말을 얼버무린다.

"아, 아니야 아무것도…."

67.

K 기획사의 윤호 사무실. 신문을 훑고 있는 윤호의 시선이 한 기사에 멈춘다. 정희에 관한 기사가 조그맣게 보도되어 있다.

〈가수 라라의 새 음반 출시. 음반 명 '재회'〉

타이틀곡인 '재회'와 '울아버지'는 한 · 중 · 일 · 영 4개 국어의 뉴 버전으로 불려져 수록되었다. 이렇게 다양한 언어로 불려진 경우는 아직까지 시도 되지 않았던 첫 사례이다.

심혈관 환자를 위한 기금마련 자선공연에 참가한다.

18일 토요일 오후 3시. S 병원 대강당 M홀.

한동안 눈을 감고 생각에 잠긴 윤호가 샛별기획을 찾아 핸드폰으로 박 사장에게 전화를 한다.

"샛별기획사의 박 사장님이시죠? 저는 K 기획사의 김윤호 전무입니다."

"아이고 김윤호 전무님, 영광입니다. 웬일로 전화를 다 주셨는지요?"

이어지는 윤호의 전화에선 박 사장의 명쾌한 음성이 들려온다.

이윽고 자선 공연 당일.

S 대학병원 1층 로비의 커피숍에서 커피 향이 은은하게 풍겨온다.

정희가 바퀴 달린 분장 가방을 끌고, 콘서트 행사장인 M홀을 향해 걸어가고 있다. 그때 핸드폰 벨이 울린다. 박 사장이다.

"정희 씨, 오고 있죠?"

"네, 사장님."

"참, K-POP 마니아들이 정희 씨의 '재회'의 다른 버전들에도 관심을 보이고 있어요, 다른 공연들도 계획될 거 같고요."

정희는 기뻐한다.

"어머, 그래요?"

그때 정희의 뒤로 윤호가 병원 로비로 들어선다. 사람들이 꽤 붐빈다. 콘서트장으로 향하는 사람들 사이로 정희와 윤호는 서로를 보지 못한 채 엇갈려 가고 있다.

68.

콘서트가 성황리에 진행되고 있는 M 홀 안은 관중들의 열기로 후끈하다.

무대 위에는 피아노, 건반 악기, 기타 2인조, 드럼 밴드 팀들이 보인다. 객석에는 환자들과 그의 가족들, 병원 관계자들, 박사장 그리고 관심을 보이는 음악 관계자들과 팬들이 자리하고 있다. 그들 사이에 휠체어를 탄 금자와 민수, 어엿한 사회인이 된 소영, 수연이와 효숙이 그리고 대학 다른 친구들도 공연을 보고 있다. 앞 팀의 공연이 끝나고 이제 사회자가 정희를 소개한다.

"이번에는 따뜻하고 호소력 있는 음성으로 우리에게 위로를 주었던 '슬퍼하지마'와 '재회'로 알려진 가수 라라 씨를 모시겠습니다. 라라 씨의 '슬퍼하지마' 큰 박수 부탁드립니다."

뷰홍 드레스를 입은 정희는 무대 중앙으로 걸어 나와 미이크 앞에 선다.

"안녕하세요, 라라입니다. 환자 여러분, 그리고 이 행사에 참석해주신 모든 분들께 진심으로 감사드립니다. 저희 어머니도 이 병원의 환자로 여기, 이 자리에 와 계십니다."

정희의 눈길이 객석 한쪽으로 향한다. 민수와 소영이 옆에 금자는 붕대 위에 모자를 쓴 모습으로 앉아있다. 금자는 정희와 눈이 마주치자 환하게 웃는다. 정희가 다시 말을 잇는다.

"저희 어머니뿐만 아니라, 씩씩하게 치료를 받고 계시는 환우 여러분들께 제 노래가 작으나마 기쁨을 드렸으면 합니다. 앞으로도 여러분께 따뜻함을 드리는 라라가 되겠습니다. 여러분의 빠른 쾌유를 빕니다."

관객들은 기대의 조용한 박수를 보낸다.

조명이 어두워지자 정희는 갑자기 긴장한다. '슬퍼하지마'의 반주가 흐르고 정희에게 스포트라이트가 켜진다. 그때 마이크에서 갑자기 '딸꾹!' 소리가 난다. 관객들은 딸꾹질 소리에 의아해하는 표정이다. 다시 또 '딸꾹'하는 소리가 마이크에서 세 번 반복된다.

"이게 무슨 소리야?"

관객들이 의문을 갖기 시작하고 웅성거리더니, 이내 몇몇 관객이 '우—'하고 야유하는 소리를 낸다.

정희는 당황하며 얼굴이 창백해진다. 정희를 지켜보던 금자도 긴장된 표정이 역력하다. 순간, 금자는 자신도 의식하지 못했던 옛 기억이 섬광처럼 스친다.

엄마인 자신이 바닥에 던져 구겨버린 그림을 어린 정희가 울면서 펴고 있다. 어린 정희는 울면서 계속 딸꾹질을 해댄다.

금자는 떠오르는 기억을 떨쳐버리려고 눈을 질끈 감는다.

지금 마이크 앞에 서 있는 정희는 기도하듯 두 손을 모으고 잠시 숨을 고른다. 반주 8마디가 끝나고 노래가 시작되는 첫 마디에 맞춰 노래를 시작한다. 정희가 이렇게 태연하게 노래를 시작하자 금자도 정희의 노래에 집중하려 애쓴다. 정희는 아무 일도 없었던 것처럼 노래에 몰입해 간다. 정희의 노래가 흐르는 동안 모두 숨을 죽이고 무대에 집중하고 있다.

슬퍼하지 마 작사 작곡 : 김종환

아무 말도 하지 않는 거야

나에게 말을 해줘 너에게 무슨 일이 생긴 건지

속 시원히 말을 해줘

이 세상 모두가 변한다 해도

나는 너를 사랑해

너에게 나를 준 걸 후회는 안 해

이대로 함께 있을게.

사랑할 수 있을 때 사랑해야 해

서로 후회하지 않도록 너의 곁에는 내가 있잖아

너를 지킬 테니까.

용서할 수 있을 때 용서해야 해

가슴이 아프지 않도록 차라리 그것이 속 편한 거야

이젠 슬퍼하지마.

용서할 수 있을 때 용서해야 해.

가슴이 아프지 않도록

네가 힘이 들면 내게로 와. 내가 널 사랑하겠어~

정희가 '슬퍼하지 마'의 후렴 끝부분까지 노래를 거의 무사히 마쳐 가고 있다.

금자의 눈에서 감동의 눈물이 흘러내린다. 정희가 엄마와 눈이 마주치는 순간 정희의 가슴도 찡해온다. 드디어 무사히 노래가 끝나자 박수 소리가 힘차게 들려오고 정희는 안도의 한숨을 내쉬다 또 한 번 '딸꾹!' 소리를 낸다.

이번에는 관객들이 딸꾹 해프닝이 신기하다는 듯 박장대소를 하며 환호와 응원의 박수를 보낸다. 민수와 소영, 수연, 다른 친구들도 뜨거운 박수를 보낸다. 소영은 정희의 모습이 정말 자랑스럽다.

그때 금자는 두 손을 모으고 눈물이 그렁한 채, 정희를 그윽하게 바라본다. 정희도 아직 본 적이 없는 엄마의 모습을 깊이 바라본다. 이내 정희의 눈에도 이슬이 감돈다. 모녀는 잠시 주변을 의식하지 않은 채 서로를 한동안 깊이 바라본다. 관객들은 영문은 모르지만 무슨 의미가 있을 것 같다는 듯 의아하게 정희와 금자를 번갈아 보며 잠깐 주시하는 것 같다.

이때 어두운 무대 뒤로 윤호가 살며시 들어와, 피아노 앞에 앉는다. 사회자가 곧이어 정희의 다음 곡을 소개한다.

"이제 라라 씨의 마지막 곡으로 사랑의 이별과 아픔을 담은

'재회'를 들으시겠습니다."

피아노 앞에 몰래 앉아있던 윤호의 청아한 피아노 반주 소리가 들려온다. 정희는 윤호의 존재를 눈치채지 못한다. 정희는 이제 딸꾹질이 멎어, 편안한 마음으로 '재회'를 부르기 시작한다.

'재회' 노래가 흐르는 동안, 정희도 윤호도 각자의 마음속엔 서로의 추억들이 하나둘씩 떠오르며 아른거린다. 한강공원에서 기타를 들고 눈물로 걸어가던 정희의 뒷모습까지.

재회 1절이 끝나자, 갑자기 조명이 스르르 꺼지더니 무대와 객석이 어두워진다. 관객들이 웅성거린다.

그때 우르르 쾅쾅! 천둥소리가 나더니 곧 빗줄기가 쏟아지는 소리가 들리며 관객들에게도 빗물이 뚝뚝 떨어지기 시작한다. 관객들이 놀라며 반사적으로 떨어지는 비를 털어낸다. 그러나 옷에는 빗물이 묻어나지 않는다. 빗줄기 무대의 증강현실AR의 연출이었다. 관객들은 비로서 연출 효과라는 걸 알고 안도의 미소를 지으며 앞을 바라본다. 무대 위의 정희도 비를 맞고 그대로 서있다. 간주가 끝나갈 즈음 빗소리가 멈추고 다시 어두워진다. 관객들은 이제 기대와 설렘으로 긴장한다.

그 순간 락rock으로 편곡된 '재회'의 간주가 강한 비트와 함께 터져 나오자, 무대 위엔 비가 그쳐있고 푸른 하늘과 녹색의 벌판이 펼쳐진다. 거기에 어느샌가 짧은 분홍 스커트로 변신한 정희가 서있다. 정희는 비트감 있게 락으로 편곡된 2절을 신나는 율동과 함께 열정적으로 노래하기 시작한다. 윤호의 강한 피아노 건반의 비트감 있는 반주도 열기를 가세한다. 관객들은 예상치 않았던 증강현실의 무대 연출과 다시 락으로 이어지는 생동감 있는 노래와 연주의 분위기에 흠뻑 빠져 들썩인다. 관객들은 몸을 흔들며 노래를 따라 부르기도 한다.

이렇게 열정적인 정희의 노래가 끝나자, 힘찬 박수가 터져 나온다.

흥분된 박수 소리를 틈타, 윤호는 살며시 일어나 출입문을 향해 조용히 걸어 나간다. 정희는 가슴 벅차하며 손뼉 치는 관객들을 쭉 둘러본다. 그러다 홀 옆으로 걸어 나가는 윤호의 옆모습을 보게 된다. 그때 윤호도 순간 뒤돌아 본다. 정희와 윤호의 시선이 마주친다. 쓸쓸한 표정으로 윤호를 바라보는 정희의 눈에 이슬이 맺힌다. 정희는 마음속으로 윤호에게 말한다.

'오빠, 우리 젊은 날 내 옆에서 음악과 함께해 주었던 것만으

로도 정말 고마웠어요.'

윤호는 애써 표정을 바꾸지 않고 이내 정희에게서 고개를 돌려 다시 입구 쪽으로 묵묵히 걸어 나간다. 정희도 태연한 표정으로 관객을 향해 인사한다. 고개를 드니, 출입문 앞에선 윤호가 잠시 멈칫하다 그대로 문을 밀고 밖으로 나간다.

민수도 잠시 정희의 시선을 따라 윤호가 멈칫하는 모습을 눈여겨본다. 이 둘의 상황을 아는지 모르는지.

소영이 멈칫하고 있는 정희에게 어서 관객을 보라는 듯 손가락으로 사인을 보낸다. 정희가 곧 앞을 바라본다. 민수도 정희를 바라보며, 정희에게 손가락으로 V자를 그려 보이며 웃는다. 민수의 무릎 위엔 정희를 위한 빨간 장미 꽃다발이 올려져 있다. 환하게 웃고 있는 금자와 민수, 소영, 수연, 친구들과 관객들의 모습이 보인다.

그때 어디선가 노란 나비 한 마리가 무대 위의 정희를 향해 날아온다.

정희는 나비를 보는 순간, 어릴 적 아빠와의 저수지에서의 추억이 섬광처럼 떠오른다. 정희는 곧 나비를 향해 마음속으로 외친다.

'아, 아빠다! 날 축하해 주러 오신거야.'

나비는 정희의 곁을 맴돌다 창가 쪽으로 날아가다 사라진다.

정희는 홀린 듯 나비가 사라진 쪽을 바라본다.

한편, 그때 윤호의 차는 병원 정문 밖을 빠져나가 긴 도로를 향해 달려간다. 차의 뒷모습이 점점 작아지며 멀어져 간다.

그 시간, 병원 콘서트장 무대 위의 정희는 관객들의 환호에 다시 한번 공손하게 답례 인사를 한다.

정희의 물기 어린 눈이 조명 아래서 환하게 웃고 있다.

그녀의 젖은 눈망울이, 오늘따라 영롱하게 빛나 보인다.

에필로그

동네 언덕 둘레길.

까만 밤하늘에 별들이 눈부시고.

아카시아꽃이 달빛 아래 하얗게 피어있다.

정희가 엄마의 손을 꼭 잡고 민수와 소영,

이렇게 넷이서 도란도란 정답게 걸어간다.

정희가 걸음을 멈추고 밤하늘을 올려다보며 떠올린다.

'누구를 위하여 종은 울리나?'

오래전 영국의 사제이자 시인이었던 존 던John Donne이 정희
에게 속삭인다.

'누구를 위하여 종은 울리나?
종이 누구를 위하여 울리는지 알려 하지 말라!
종은 그대를 위해 울리는 것이니!'

그가 울리는 종소리가 지금 정희에게도 들리는 것 같다.
정희는 속삭여 본다.

'하늘이 주신 나의 작은 종도 한껏 울려보리라.
이제는 울려보리라.
사랑과 희망과 꿈을 실어 딩동댕.'

정희는 밤하늘을 바라보며 나지막히 노래를 부른다.
꿈과 사랑을 불러 일으켜 주는 저 별 속의 누군가에게…
소영이도 따라 부른다.

그때 어디선가 들려오는 은은한 종소리가
노래와 하나 되어 밤하늘에 울려 퍼진다.

MUSIC

유 레이즈
미 업

별 속에 아버지가 웃고 있다.

곁에 서있는 엄마도 웃고 있다.

정희도 웃는다.

아름다운 별밤이다!

이제 모두 평화로운 마음으로 집을 향해 발걸음을 옮긴다.

둘레길에 스민 아카시아 향기가 바람에 싱그럽다.

                              END.

라라의 노래

초판 1쇄 인쇄일 2022년 5월 25일 ● 초판 1쇄 발행일 2022년 6월 2일
지은이 이승희
그린이 김승언
총괄기획 정도준 ● 편집 최희윤
펴낸곳 (주)도서출판 예문 ● 펴낸이 이주현
등록번호 제307-2009-48호 ● 등록일 1995년 3월 22일 ● 전화 02-765-2306
팩스 02-765-9306 ● 홈페이지 www.yemun.co.kr

주소 서울시 강북구 솔샘로67길 62 코리아나빌딩 904호

ISBN 978-89-5659-445-3 03810